KB181007

꿈을 향해 나아가라!

빅걸

"당신이 좋아하는 일을 알려면,

당신이 좋아해야 한다고 세상이 말해 주는 것을

그대로 받아들이지 말고,

당신의 영혼이 늘 깨어 그것을 찾아야 한다."

-로버트 루이스 스티븐슨 Robert Louis Stevenson-

책담

애초에 나의 꿈은 의사였다. 확고부동한 플랜 A였다. 하지만 중증 장애인은 의대에 진학할 수가 없었고, 나는 곧 플랜 B를 찾아냈다. 문과로 전과하여 국문학과에 들어간 것이다. 입학 후에는 대학 교수의 꿈을 키우며 박사 학위까지 받았다.

그러나 이 꿈 또한 이루어지지 않았다. 어느 대학에서도 장애가 있는 사람을 교수로 받아주려 하지 않았다. 그렇다고 포기할 수는 없었다. 나는 다시 플랜 C를 세웠다. 대학 시절부터 작가의 꿈을 키워 온 덕분에 새로운 꿈에 도전할 수 있었다. 바로 소설가. 나는 새로운 꿈을 찾은 지 10년 만에 소설가로 등단했다. 당당하게 작품을 쓰고 세상 널리 나의 이름을 알렸다. 그러나 이 또한 오래가지 않았다. 기술이 발전하고 세상이 급변하면서 나와 같은 이들은 컴퓨터와 인터넷의 도전을 받았다. 사람들은 책을 읽는 대신 PC 모니터를 주시하고 화면 속으로 빠져들었다.

또 다른 계획, 플랜 D가 필요했다. 요즘 같은 시대에 누구보다 열심히 책을 읽는 사람들은 누구인가? 바로 어린이, 청소년이다. 플랜 D는 그들에게 다가가는 동화작가가 되는 것이었다. 결과는 멋진 성공. 지난 20년간 나는 동화작가로 활동했다. 함께 울고 웃으며 내 책을 읽어 준 독자 덕분이었지만 최근 몇 년 사이 나는 또다시 위기의식을 느낀다. 흐르는 물처럼 세상은 끊임없이 변화하기 때문이다. 아이들이 서서히 줄어들고 책을 빌려 주는 도서관은 점점 늘어나면서 사람들은 점점 책을 사는 데 인색해졌다.

세상의 변화에 발맞추어 나는 플랜 E를 가동했다. 그리고 언젠가부터 사람들은 강연장에 나를 초대하기 시작했다. 내 책을 재미있게 읽은 청소년 독자가 특히 더 날 만나고 싶어 했다. 이제는 내 직업이 작가인지, 전문 강사인지 나도 헷갈릴 때가 있다. 돌아보면 그 덕분에 지금까지 꾸준하게 작품을 쓸 수 있는 게 아닌가 싶다.

플랜 A에서 시작한 꿈과 지금 내가 살고 있는 현실은 한참 동떨어져 있지만 나는 더할 나위 없이 기쁜 하루하루를 살고 있다. 내 머릿속에는 여전히 셀 수 없이 많은 플랜들이 있다는 사실을 잘 알기 때문이다. 세상은 쉬지 않고 변한다. 나를 포함한 내 주변 여건 또한 매 시간, 분초 단위로 바뀐다. 꿈은 얼마든지 바뀔 수 있다. 아니 독하게 살아남으려면 꿈도 바꿔야 한다. 언제든지 A는 B가 되고, B는 C가 될 수 있다. 플랜 A부터 Z까지 뭐든 하나는 걸리도록 되어 있다.

이 책의 주인공인 소연이도 나처럼 플랜을 바꿔 간다. 소연이의 첫 꿈은 소설가였지만 작가의 길은 멀고도 험하다. 글로써 자신을 세상에 알리는 것도 쉽지 않지만 그것이 직업이 되는 과정은 더더욱 쉽지 않기 때문이다. 그래서 더욱 더 강한 훈련과 내공, 그리고 인내심이 필요하다. 대개 이 과정에서 꿈을 하나씩 둘씩 포기한다. 자신에게 재능이 있는지 없는지 확신이 서지 않기 때문이다. 실제로 어떤 학생은 나를 찾아와서 펑펑 울기도 했다. 열심히 써도 뽑히지 않는다고. 나는 그 학생에게 이렇게 조언했다. 내 글이 꼭 남에게 인정받아야만 의미가 있는 것은 아니라고.

꿈도 마찬가지다. 가장 처음으로 세운 목표가 플랜 A였다면 플랜 B, 플랜 C…… 우리에게는 수없이 많은 다른 대안들이 있다. 운명이란 그런 것이다. 최선을 다해 꿈을 이루는 것도 훌륭하고 아름답지만, 설사 그 꿈을 이루지 못했다고 해도 마음만 먹으면 또 다른 꿈에 도전하고 성취할 수 있다. 산 정상에는 오르지 못했지만 내려오는 길에 마주친 또 다른 오솔길의 아름다움을 감상한다면, 그 누가 정상을 점령한 것만 못하다고 할 수 있을까. 내가 요즘 청소년들에게 해 주고 싶은 이야기가 바로 이것이다. 스몰 걸이었던 소연이가 빅걸이 되어 가는 과정은 누구에게나 닥칠 수 있는 상황이다. 소연이처럼 자신의 꿈과 계획을 탄력성 있게 바꿀 수 있는 독자들이 되길 바란다. 세상은 요동치기에 그대들의 꿈도 늘 변화하여 더 큰 멋진 일이 기다릴 것이라 믿는다. 그리고 주어진 꿈을 기쁜 마음으로 실천해 능력을 인정받으면 좋겠다. 실패해도 걱정할 필요는 없다. 우리 앞에는 또 다른 플랜이 기다리고 있으니까.

본디 운명은 스스로 개척하는 것이지만 가끔은 내 앞에 툭 던져지기도 한다. 어느 쪽이든 간에 꿈을 향해 나아가다 보면 나의 길은 만들어진다. 아니, 만들어질 수밖에 없다. 이 세상에는 가지 못한 길만 있는 게 아니라 내가 가는 길 하나만 있을 뿐이니까.

마지막으로, 이 땅에 살고 있는 수많은 소연이에게 뜨거운 응원의 박수를 보내며 마친다. 언제나 꿈을 향해 나아가는 빅 걸, 빅 보이들로 살아남기를!

2020년 봄에
북한산 기슭에서 고정욱

차례

1장 우유 썩는 냄새

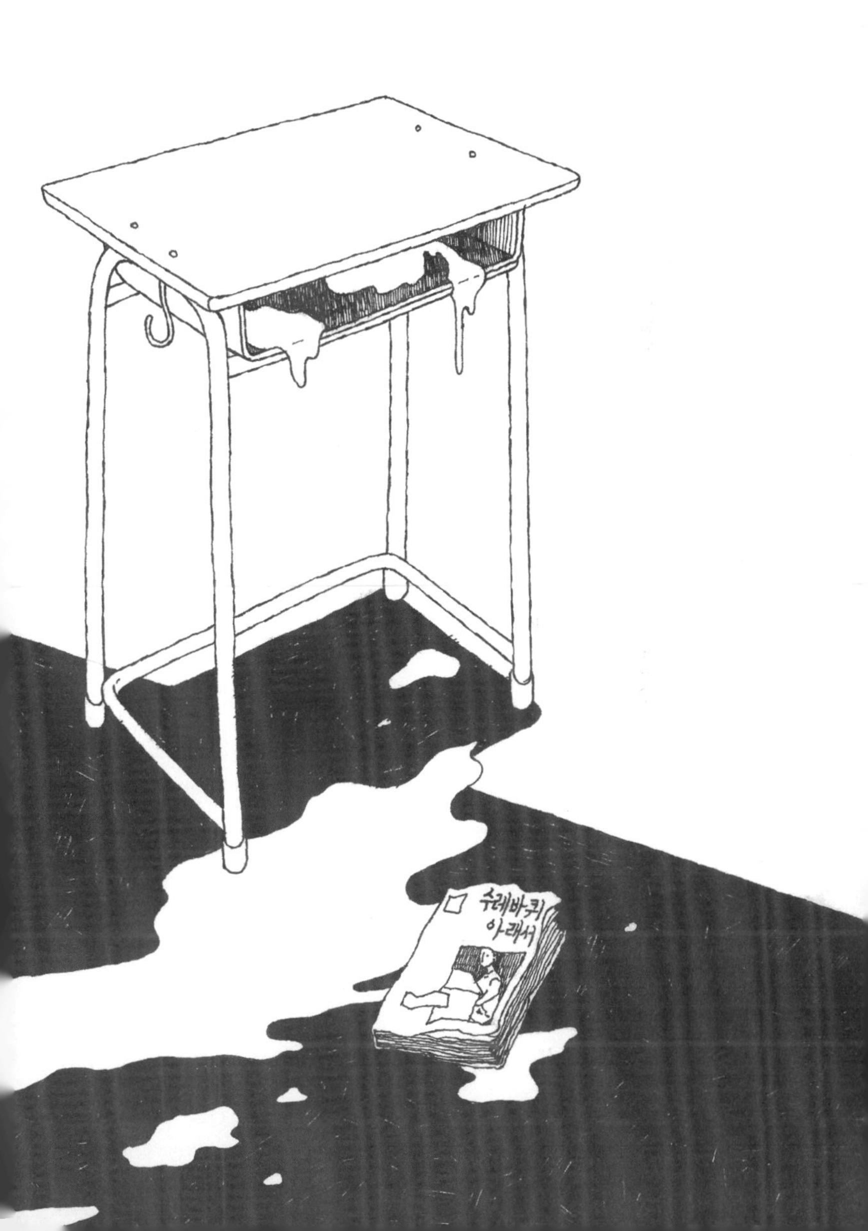

"킁킁!"

어디서 나는 냄새인지 몰라 소연이는 살짝 코를 킁킁거렸다. 다가갈수록 쿠린내가 심해졌지만 소연이는 애써 모른 척하며 가방을 걸고 자리에 앉았다. 아이들은 수다를 떨며 수업이 시작되기를 기다리고 있었다. 소연이는 가방 지퍼를 열고 1교시에 필요한 수학책과 노트를 꺼내 놓았다. 수업 시작까지 채 10분도 남지 않았지만 소연이의 손은 어김없이 책상 아래로 향했다. 어제 읽고 넣어 둔 책을 찾기 위해서였다. 헤르만 헤세의 《수레바퀴 아래서》는 소연이가 요즘 학교에서 읽고 있는 책이었다. 김청강 작가가 꼭 읽어 보라고 한 책이기도 해서 쉬는 시간마다 틈틈이 읽고 있었다. 일주일이면 다 읽을 것 같았다.

'어머!'

책을 집는 순간 소연이는 뭔가 이상한 느낌을 받았다. 기대했던 촉감과 달랐다. 축축하고 두툼했다. 말로는 설명하기 힘든 불길한 기운이 스쳤다. 코끝이 싸했다. 문제가 있었다. 천천히 책을 꺼낸 순간 소연이는 자신도 모르게 비명을 지를 뻔했다. 책은 정체 모를 하얀 액체에 푹 젖어 퉁퉁 불어 있었다. 우유 썩는 냄새가 코를 찔렀다.

'이게 어떻게 된 거야?'

책상 안을 들여다보니 고인 우유가 썩어 가고 있었다. 역한 냄새가 참기 힘들었다.

"……."

순간 교실에는 정적이 감돌았다. 왕따의 시작이었다. 교실 안에 썩은 우유 냄새가 진동을 해도 아이들은 전혀 개의치 않았다. 아무 일도 없는 것처럼 굴었지만 아이들은 소연이의 반응을 지켜보고 있었다.

'정신 차려야 해.'

소연이는 그저 이 위기를 잘 대처해야 한다는 생각밖에 들지 않았다. 이대로 밀릴 수 없었다. 자리에서 일어나 가방을 천천히 들어 내려놓은 다음 책상 모서리를 잡고 몸 쪽으로 기울였다. 둔탁한 소리를 내며 내용물이 쏟아졌다.

필기구 같은 잡동사니들이 교실 바닥을 굴렀고 흘러내린 우유가 교실 바닥을 적셨다.

"어머! 무슨 일이야?"

조금 전 교실로 들어온 아이 하나가 영문을 몰라 물었지만 아무도 대답하지 않았다. 갑작스러운 돌발 상황에 반 전체가 어찌할 바를 모르고 있었다. 자리에서 일어난 소연이는 일부러 어느 누구와도 눈을 마주치지 않았다. 조용히 교실 뒤로 걸어가 한쪽 구석에 세워진 청소용 대걸레를 잡았다. 막대를 어찌나 세게 잡았는지 손끝이 하얘질 정도였다. 이런 사태를 초래한, 알 수 없는 그 누군가를 당장이라도 응징할 것 같은 결연한 태도였다.

소연이는 잠시도 긴장을 늦출 수 없었다. 소연이의 작은 몸짓 하나하나까지 뚫어져라 쳐다보는 반 아이들의 시선에서 벗어나려면 아무 일 없는 듯 태연하게 행동해야 했다.

꾸덕꾸덕 말라 있던 걸레는 바닥에 고인 우유를 게걸스럽게 빨아들였다. 소연이는 책상을 일으켜 세우고 휴지로 구석구석 닦아 냈다. 악취가 코를 찌르고 계속해서 구역질이 올라왔지만 꾹꾹 참았다.

'여기서 밀릴 수 없어.'

마치 행위 예술가가 행동 하나하나에 집중하듯 소연이는 남은 우유를 말끔히 닦아 냈다. 소연이가 다 쓴 휴지를 버리러 가는 동안에도 반 아이들은 여전히 소연이에게서 눈을 떼지 못했다. 아랑곳하지 않고 소연이는 물티슈를 있는 대로 꺼내 열심히 책상을 문질렀고, 마지막으로 더러워진 교실 바닥을 깨끗하게 훔치는 것으로 마무리했다. 뒤늦게 교실로 들어온 아이들은 무슨 일인가 싶어 소연이의 행동을 멀뚱멀뚱 쳐다보기만 했다.

소연이가 마지막으로 화장실에 가서 더러워진 걸레까지 빨아다 놓으니 남은 거라고는 퉁퉁 불은 책뿐이었다. 소연이는 책을 그대로 집어 들어 교실 뒤 쓰레기통 속으로 던져 넣었다. 여기저기서 수군대는 소리가 들렸다. 아끼던 책을 장례 치르는 기분이었지만 소연이는 아무 일 없다는 듯 다시 자리에 앉았다. 노트와 교과서를 펼쳤지만 눈에 들어오지 않았다. 마음속으로 끝없이 절규하고 있었다.

'서울로 가고 싶어!'

《수레바퀴 아래서》의 한스 또한 그랬다. 시험을 치러 대도시에 나갔다가 하루빨리 고향으로 돌아가고 싶어 했다.

> 한스는 거리로 나와 걷기 시작했다. 자신이 마치 벌써 몇 주 동안이나 이곳에 머물러 있는 것처럼 생각되었다. 또한 더 이상 여기서 도망칠 수 없다는 느낌이 들기도 했다. 고향의 정원과 잣나무가 우거진 푸른 산, 강변의 낚시터가 마치 너무나도 멀리 떨어져 있는 듯했

다. 그리고 오래전에 한번 본 것 같은 모습으로 다가왔다. 아, 오늘이라도 집으로 돌아갈 수만 있다면! 이곳에 머물러야 할 의미가 조금도 남아 있지 않았다. 어쨌든 한스는 시험을 망치고 말았다.

서울에 살던 소연이는 2주 전 부산의 인명고등학교로 전학을 왔다. 이혼 후 새로운 삶을 부산에서 펼치려는 엄마와 함께 내려온 것이었다. 엄마는 부산 영도에 살고 있는 외삼촌에게 기대고 싶어 했다.

"소연아, 부산이 서울보다 훨씬 살기 좋대. 바닷가도 있고. 우리 이곳에서 새롭게 시작해 보자."

지난날 고통스러웠던 삶을 알기에 소연이는 엄마의 짐짓 발랄한 말투에 아무 대꾸도 하지 않았다. 서울의 친한 친구들과 헤어지는 것도 마뜩잖았지만 무엇보다 김청강 작가의 지도를 받지 못하게 된다는 사실이 안타깝기 그지없었다. 소연이가 할 수 있는 일은 아무것도 없었다. 세상일은 결코 뜻대로 되지 않는다는 것을 김청강 작가는 진즉에 말해 주었다.

"소연아, 네가 부산으로 가게 된 건 다 어떤 섭리에 의한 것이야."

"정말요?"

"그럼. 거기서 어떤 운명을 만나게 될지도 모르지. 부산은 부산 나름의 분위기가 있어. 소설 공부를 하기에 아주 좋을 거야. 바다를 볼 수 있는 국제적인 도시에서 새로운 감각으로 글을 쓰도록 해 봐. 부산의 역사도 공부하고. 이런 것들이 네 삶에 어떤 식으로든 영향을 줄 거야. 부산 출신의 유명 작가가 제법 많지."

평소에도 주어진 상황을 긍정적으로 보려고 노력했던 소연이는 이사 오기 전 부산 출신의 작가들이 얼마나 되는지 찾아보았다. 김청강 작가의 말대로 부산에 살고 있는 문인이 의외로 많았다. 우리나라의 전쟁문학이 처음 태동한 곳이 부산이라는 사실도 처음 알았다. 처음보다 확실히 부산에 대한 인상이 달라지고 있었다.

새로 이사한 집은 산중턱에 위치한 전형적인 작은 빌라였다. 이사 날, 소연이는 엄마와 함께 방 두개에 거실이 딸린 반지하에 짐을 풀었다. 웬만한 건 다 버리고 와서 살림살이가 단출했다. 기분이 묘했다. 영화에서나 봤던 그런 집에 살게 되다니, 망한다는 게 뭔지 조금은 알 것 같았다. 소연이는 무척 속이 상했지만 엄마 때문에 겉으로는 내색하지 않았다. 대신 평소 좋아하는 작품 속에 등장했던 옥탑방이나 반지하방을 떠올렸다. 그리고 지금은 좋아하는 소설 속으로 들어온 상황이라고 상상했다.

'가끔은 이런 삶도 필요해. 작가로서 성공하려면 이런

삶도 알아 놔야지. 나중에 내 작품에 써먹을지도 모르는 곳들이잖아.'

소연이는 집 안 곳곳을 살폈다. 마치 사진이라도 찍듯 곰팡이 흔적, 벽에 난 못 자국 하나하나까지 꼼꼼하게 관찰했다. 그렇게 소연이는 부산 달동네에서의 새로운 삶에 용감하게 첫발을 내딛었다. 그리고 생각날 때마다 새로운 생활에 대한 감상과 소회를 끼적이는 것도 잊지 않았다.

반지하방 일기 1

달동네에 살면 좋은 점이 있다. 집 앞으로 차가 다니지 않는다.
골목이 너무 좁아 차가 들어올 수 없기 때문이다.
차 소리가 나지 않는 길이란 서울에선 상상도 할 수 없는 일이지만
그 소리를 대신하는 게 있다.
아이들과 지나가는 사람들의 대화이다.
사람들의 이야기 소리가 담장 너머 집으로 들어오는 것은
또 얼마나 아름다운 풍경인가.
부산이야말로 사람 사는 곳이라는 생각이 든다.

소연이는 전학 첫날을 잊을 수가 없었다. 소연이가 다닐 인명고등학교는 산중턱을 지나 거의 끝까지 올라가야 보이는 꼭대기에 있었다. 집에서부터 가파른 언덕길을 한참 동

안 걸어 올라가야 했다. 월요일 아침, 소연이는 걸어서 학교에 가는데 문득 치마 길이가 너무 짧은 게 아닌가 싶어 염려스러웠다.

'치마가 짧아서 언덕을 올라갈 때 좀 불안한데.'

하지만 쓸데없는 걱정이었다. 학교가 가까워질수록 길에서 마주치는 여학생들의 치마는 대체로 짧은 편이었다. 그것도 아주 많이. 그에 비해 소연이의 치마는 촌스러울 정도로 긴 편이었다. 자칫하면 팬티가 보일 만큼 치마를 짧게 올려 입은 아이들은 하나같이 진하게 화장한 얼굴이었다. 낯선 광경에 소연이는 잠시 당황스러웠지만, 교문에서 교실까지 또 한참을 올라가야 해서 다시 발걸음을 재촉했다. 삼삼오오 어울려 걷던 아이들은 언덕 오르기가 익숙한지 가방을 둘러맨 채 여전히 수다 삼매경이었다.

"도착하면 교무실로 가서 교무 주임 선생님께 인사 드려. 그러고 나면 네가 몇 반인지 알려주실 거야. 엄마가 수속 다 해 놨어. 그 학교는 외삼촌이 나온 학교이기도 해."

"알았어, 엄마."

소연이는 건물 중앙 현관으로 들어가 복도 좌우를 살폈다. 오른쪽에 교무실이 있었다. 문을 열고 들어간 소연이가 먼저 인사를 했다.

"안녕하세요?"

"누구니, 넌?"

입구 쪽에서 컴퓨터 모니터를 보고 있던 직원이 물었다.

"이번에 전학 왔어요. 1학년 김소연입니다."

"아, 전학생이구나."

그러자 한쪽 책상에 머리를 박고 있던 남자 선생님이 고개를 들었다. 이마가 벗겨진 얼굴이 인상적이었다. 책상 파티션에 교무 부장이라고 쓰인 명패가 붙어 있었다.

"전학생이구나, 소연이?"

"네. 안녕하세요?"

"어디 보자. 너는 3반이야. 3반은 3층에 있단다. 올라가 보렴."

"네."

"담임선생님은 이학수 선생님이야."

"감사합니다."

소연이가 나가자 선생님들끼리 이야기를 나누었다.

"서울말이 참 나긋나긋하네요. 오랜만에 들으니."

"그러게 말입니다."

3반 문 앞에서 소연이는 잠시 주춤댔다. 그때 뒤에서 굵직한 남자 목소리가 들렸다.

"네가 소연이구나?"

고개를 돌리니 트레이닝복 차림의 건장한 남자 선생님

이 서 있었다.

"네, 선생님."

"이리 들어와."

교실 안에 들어가자 책상 위에 앉아 있거나 창밖을 내다보던 아이들이 힐끔거렸다.

"자, 자리에 앉아라!"

급할 것 없다는 듯 아이들이 어슬렁어슬렁 자리로 돌아가 앉았다.

"서울에서 온 전학생이다. 이름은 김소연. 생활기록부를 보니까 공부도 잘하고 글도 잘 쓰는 학생이란다. 모두들 친하게 지내도록 해라. 우리 반에는 왕따라든가 이런 거 없는 거 알지?"

"네."

몇 놈이 키득댔다. 소연이는 반 아이들을 천천히 둘러보았다. 여학생과 남학생이 따로따로 앉아 있었다. 호기심 어린 시선으로 바라보는 아이도 있었고 소심하게 곁눈질하는 아이도 있었다.

"소연아, 친구들한테 인사해야지."

"잘 부탁합니다."

"자, 이제 저쪽 창가 윤주 옆자리로 가서 앉아."

"네."

창가 뒤편에 빈자리 하나가 있었다. 선생님이 가리킨 자리로 가서 조심스럽게 앉았다. 소연이는 어색한 분위기에서 빨리 벗어나고 싶었다. 주의 사항을 말해 주고 이학수 선생님이 밖으로 나가자 윤주라는 아이가 먼저 조심스럽게 말을 걸었다.

"니, 서울서 왔나?"

"응."

"서울에도 이런 머리핀 유행하나?"

윤주는 머리에 스티커처럼 생긴 넓적한 머리핀을 하고 있었다. 순간 소연이는 웃음이 터지려는 걸 참았다. 그러고 보니 여러 명이 그런 넓적한 핀을 머리에 붙이고 있는 게 아닌가.

"웃기나?"

"아니야, 미안해."

"서울에는 이런 거 유행 안 하나?"

뭐랄까. 서울에 있을 때도 한두 명 본 것 같긴 했다. 하지만 서울은 다양성의 용광로가 아니던가. 트렌드라는 게 있긴 하지만 지역, 학년, 계층, 시기별로 다르고 얼마나 천차만별인가 말이다.

"응, 서울에서도 하고 다니는 아이들이 있긴 있어. 그런데 부산에서처럼 이렇게 여러 명이 동시에 하진 않아."

"와 그렇지?"

"몰라. 애들마다 관심사가 다 다른 것 같아."

"맞네."

서울에서 한때 유행했던 게 있다면 롱패딩 정도였다. 아니, 롱패딩은 전국적인 열풍이었다. 이렇게 자잘한 장신구나 액세서리가 유행하는 것은 오래가지도 않을 뿐더러 광범위하게 퍼져 있지도 않다. 아무튼 소연이는 진짜로 부산에 왔음을 실감하는 순간이었다. 조용히 수첩을 꺼내 끼적였다.

반지하방 일기 2

서울과 부산을 비교하니 획일성은 부산이 더한 것 같다.

작은 도시여서일까? 아니, 부산도 큰 도시인데.

아무튼 다양성에 있어서는 서울이 훨씬 앞선다는 느낌이다.

어쩌면 그건 대도시 서울을 의식한 것이 아닐까?

누군가 한다면 다 따라 하고픈…….

메모를 마친 뒤 소연이는 책과 노트를 펼쳤다. 선생님들이 번갈아 들어오며 수업이 시작되었다. 학급 전체에 퍼진 어색한 분위기에서 벗어나기 위해 소연이는 수업에 보다 집중하려 노력했다. 다행히도 학습 진도는 서울보다 조금

늦은 편이었다. 이미 배운 내용을 복습하는 느낌이었다.

선생님들도 자연스럽게 새로 전학 온 소연이에게 관심을 가졌다. 서울에서는 어땠냐고 물어보기도 하고, 어디까지 배웠는지 궁금해하기도 했다. 그때마다 소연이는 야무진 목소리로 대답하곤 했다.

“서울에서 왔다더니 똑똑하네. 얼굴도 예쁘고. 글도 잘 쓴다며?”

만나는 선생님마다 소연이에게 한두 마디씩 덕담을 건넸다. 전학 온 학생이 새로운 환경에 적응하는 데 도움을 주기 위한 관심과 배려 차원이었다. 그렇게 소연이는 자신도 모르는 사이에 모두에게 주목받는 아이가 되어 있었다.

“소연이 네가 핵인싸네.”

“핵인싸?”

“핵 인사이더. 다들 너한테 관심이 많다고.”

소연이는 윤주의 설명을 듣고 딱히 나쁠 건 없다고 생각했다. 그런데 시간이 흐를수록 소연이에게 쏟아진 관심은 오히려 독이 되어 돌아왔다. 처음에는 소연이에게 관심을 보이던 아이들이 서서히 거리를 두었고, 핵인싸가 인싸로 변해 가면서 은따가 시작되었다. 소연이가 등교한 지 일주일이 지나자 아무도 말을 걸지 않았다. 소연이는 추측만 하고 있었다. 그리고 오늘 누군가 썩은 우유를 일부러 쏟아

붓고 갔다. 지금까지는 추측이었지만 이제부터는 현실이었다. 소연이는 어떻게 해야 할지 막막하기만 했다. 하루 종일 수업 내용이 하나도 머릿속에 들어오지 않았다.

학교가 끝나고 집에 가는 길이었다. 소연이의 눈에 저만치 앞서 가는 윤주의 모습이 보였다.

"윤주야!"

소연이가 부르는 소리에 윤주는 잠깐 뒤를 돌아봤지만 이내 몸을 돌렸다. 소연이를 보고 걸음을 멈추기는커녕 오히려 더 빨리 걷는 것 같았다. 언덕길을 내려가는 윤주의 뒷모습은 점점 멀어졌다.

소연이가 부산 슈퍼 골목을 오른쪽으로 끼고 돌자 차 한 대도 드나들기 어려운 비좁은 길이 나타났다. 이 길로 쭉 가서 계단만 내려가면 소연이의 집이었다. 힘없이 터덜터덜 걸어가는데 갑자기 골목에서 윤주가 나타났다.

"소연아."

"응? 윤주구나. 여긴 어쩐 일이야?"

"네가 아까 불렀잖아."

"응."

"보는 눈이 많아서 대답 못 했다."

"그랬구나."

소연이는 정신이 아뜩해졌다.

"니, 학교에서 왕따인 거 알고 있나?"

"응 그런 것 같아."

왕따에는 아무 이유가 없다. 아니, 왕따의 이유는 있다. 그 어떤 것도 왕따의 이유가 될 수 있다.

"애들이 그러더라. 서울에서 온 재수 없는 년이라고."

"저, 정말이야?"

"그래."

소연이는 딱히 할 말이 떠오르지 않았다. 두 눈에 눈물이 고였지만 애써 참았다.

"근데 왜 나한테 말해 주니?"

"내는 니가 좋은데. 딴 애들이 무서버가 니한테 말을 못 걸었다. 좀 이해해 주라."

"고, 고마워."

"니는 왜 우리 학교로 왔는데?"

"응? 우리 엄마가 집에서 가깝다고 이 학교에 다니라고 하셨어."

"니, 우리 학교 동영상 못 봤나?"

"무, 무슨?"

"아! 니, 몰랐나? 학교 애들이 애 한 명 뚜디리 패 가지고 얼굴 팅팅 부었던 거 유튜브에 올라갔다 아이가."

서울에 있을 때 얼핏 들어 본 것 같았다.

“그게 여기였어?”

“그래, 그때 학교 디비지고 난리 났었다 아이가.”

망치로 한 대 얻어맞은 기분이었다.

“어쨌든 니 조심해라.”

윤주는 그렇게 말하고 사라졌다.

충격이 컸던 나머지 집까지 어떻게 걸어왔는지 기억나지 않을 정도였다. 소연이는 집 안으로 들어오자마자 부들부들 떨리는 손으로 핸드폰을 꺼냈다. 유튜브 검색창에 ‘왕따’와 ‘밀가루’ 두 단어를 넣자 수십 개의 동영상이 떴고, 소연이는 그중 하나를 열었다. 화질이 고르지 못해 어지럽게 흔들리는 가운데 멍투성이 얼굴의 소녀가 한 무리의 여학생들에게 둘러싸여 있었다. 무릎 꿇은 소녀는 애처로운 눈빛으로 싹싹 빌고 있었지만, 몇몇 아이들은 전혀 아랑곳하지 않았다. 번갈아 가며 소녀를 발로 차고 주먹으로 때리는 장면이 이어졌다. 막판에 밀가루까지 뒤집어쓴 소녀의 모습은 더 끔찍했다. 눈물 젖은 얼굴이 온통 밀가루 범벅이었다.

‘아아, 어떡해.’

소연이는 차마 영상을 끝까지 보지 못했다. 불길한 예감은 틀리지 않았다. 앞으로의 학교생활이 만만치 않으리란 생각에 소연이는 온몸이 마비되는 것 같았다.

2장 고도를 기다리며

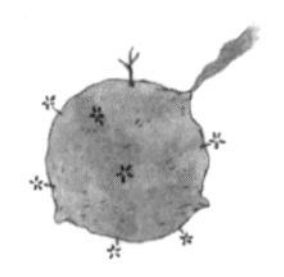

"숙제, 잘해 와라."

수업 종료 벨이 울리자 영어 선생님이 출석부를 들고 교실을 나갔다. 교탁 바로 앞에 앉아 있던 소연이는 말없이 물티슈를 꺼냈다. 수업 시간에 튄 침방울을 닦기 위해서였다. 책상을 닦은 후 소연이는 책을 꺼내 들었다. 달랑 10분이었지만 쉬는 시간만이라도 책 읽는 기쁨을 누리고 싶었다. 만약 이 시간마저 없다면 이 학교에 다시는 오고 싶지 않았을 거라고 소연이는 생각했다.

또 있을지도 모를 우유 테러를 피하기 위해 소연이가 짜낸 전략은 자리를 옮겨 다니는 것이었다. 다행히 담임인 이학수 선생님은 먼저 등교한 아이들이 자유롭게 앉을 수 있도록 자리를 지정해 주지 않았다. 전학 온 날 앉았던 자리에만 계속해서 앉았던 소연이는 그날 이후부터 맨 앞자리를 고수했다. 그러나 한자리에 두 번 앉지는 않았다. 무작위로 옮겨 다니는 것만이 언제 있을지 모를 테러를 미연에 방지하는 길이라 생각했기 때문인데, 김청강 작가로부터 들은 경험담이 큰 도움이 되었다. 휠체어를 타는 김청강 작가는 해외여행을 할 때 일부러 최소한의 짐만 가져가는데 다 이유가 있었다.

"짐 찾느라 기다리는 거야말로 시간 낭비야. 다른 나라에 가서 보고 즐길 게 얼마나 많니? 짐을 수하물로 부치면 공항에 도착해서 10분이고 20분이고 기다려야 하잖아. 짐 찾는 거야말로 어리석은 짓이야."

"선생님, 여행이 길어지면 빨래는 어떻게 하세요?"

"빨아 입으면 돼. 중요한 건 외모를 꾸미는 게 아니라 여행을 즐기는 거잖아."

장애가 있지만 김청강 작가는 수십 개 국을 여행했다.

"내가 여행 다닐 때는 항상 작은 가방 하나를 목에 걸고 다니지. 거기에 모든 생필품이 다 들어가."

"컴퓨터도요?"

"그럼! 노트북 같은 건 얼마든지 가방 안에 넣고 다닐 수 있지."

그러면서 김청강 작가는 미국에 갔을 때의 일을 꺼냈다.
"너희도 알다시피 미국이란 나라의 입국 심사가 얼마나 까다롭니? 마약이라든가 달러 밀수가 많다 보니 입국하는 데 엄청 까다로워. 공항 세관원도 매의 눈을 하고 아주 무섭게 여행객들을 노려보지."
"와, 겁나겠어요."
"내가 LA 공항에 갔을 때 일이야. 입국 심사를 받으려고 줄을 서 있는데 내 앞에 호주에서 온 서핑 선수들이 캐리어를 잔뜩 끌고 서 있었거든. 세관 검사를 받는 길에 세관원이 딱 한 명 앉아 있더라. 마치 저승사자 같았어. 정말 매서운 눈초리로 보고 있는데 그 사람한테 재수 없게 걸리면 모든 짐 가방을 다 열어서 속을 보여 줘야 해. 다행히 안 걸리면 바로 무사통과하는 거지."
"와! 세관원들은 밀수범들을 딱 보면 아나 봐요."
"글쎄, 그런가 봐."
같은 영어권이었지만 호주에서 미국으로 들어오는 선수들의 태도는 지나치게 발랄했다. 그렇게 대부대가 시끌벅적 떠들며 세관을 통과하고 있었다. 그중 한 사람이 긴 보드를 끌고 먼저 통과하자 함께 있던 옆 사람도 당연하다는 듯이 그 뒤를 따라 발걸음을 옮기려는 순간이었다.
"Hey, you. left (이봐요, 당신. 왼쪽으로)!"

딱 세 단어였다. 세관원이 손가락으로 지목한 사람은 왼쪽으로 가야 했다. 신나게 수다를 떨던 일행 모두 깜짝 놀라 목소리를 낮췄다. 지목받은 선수는 얼굴이 어두워져서는 말없이 입국 심사 줄을 떠나 왼쪽 통로로 이동했다. 그리고 산더미 같은 짐을 풀기 시작했다. 그 모습에 기고만장하던 서핑 선수들은 쥐죽은 듯 조용히 세관원 앞을 빠져나갔다.

"그걸 보고 깨달았어. 모든 세관원이 밀수범처럼 생긴 사람을 찾아내는 게 아니더라."

"그러면 뭐가 문젠데요?"

"그들이 갖고 있는 무기는 랜덤이야."

"랜덤요?"

"응. 누구를 지명할지 알 수가 없는 거야. 말쑥한 신사도 짐 검사에 예외가 없고, 또 어떤 때는 꼭 밀수범같이 생겼는데 무사통과되고. 루틴이 없기 때문에 더더욱 두려운 거지. 밀수범의 입장에서는 루틴이 있으면 그걸 피해 가면 되는데 그게 안 되는 거지. 영어권인 호주에서 온 데다가 누가 봐도 서핑 선수인데 그중 몇 명을 집어서 세관 검사를 하다니. 그래서 깨달았어. 랜덤이야말로 가장 무서운 보안 체제이면서 안전한 체계라는 거지."

그 말을 떠올린 소연이는 그때부터 이 책상, 저 책상 옮겨 다니기 시작했다. 소연이에게는 10분간의 쉬는 시간이 가장 행복한 시간이었다. 책상에 넣어 두었던 책을 꺼내 읽기 시작했다.《고도를 기다리며》.

부산에 내려온 뒤 소연이에게 가장 큰 낙이라면 헌책방 순례였다. 다행히 부산의 보수동에는 아직도 헌책방 거리가 남아 있었다. 골목에 자리 잡은 50여 곳의 헌책방들을 순례하다 보면 한 권 한 권 다 다른 추억이 담긴 헌책들을 만날 수 있었다. 부산에서 유명한 관광 코스 중 하나인 이곳이 소연이의 최애 골목이 되었다. 우연히 들렀다가 퀴퀴한 냄새가 묻어 있는 책들을 보고 소연이는 너무나 반가웠다. 지난번《수레바퀴 아래서》도 헌책방 골목에서 만난 책이었다.

우유 테러를 당한 뒤 소연이는 다시 헌책방 골목을 찾았다. 책방 아저씨는 소연이를 기억하고 있었다.

"인명고등학교 학생이지?"

"네, 안녕하세요?"

"저번에 와서 책 좀 사 갔었지?"

"네. 그런데 어떻게……."

"인명고등학교 교복이 특이해서 기억나. 책을 좋아하나 보네. 자주 오는 거 보니까."

"네."

소연이의 학교 교복에는 특이하게 노란 줄이 그어져 있어서 인명 학생임을 쉽게 알 수 있긴 했다.

"여기 세계문학전집 있어. 골라 봐. 요즘 학생 치고 책 읽는 사람이 많지 않은데 학생은 참 훌륭하네."

"아니에요."

평소에도 가게 주인이 쓸데없이 친절하거나 말을 걸면 부담감을 느끼는 소연이였다. 이리저리 훑어보다 세 권을 골라 만 원짜리 한 장을 내밀었다.

"내 이천 원씩은 받아야 하는데 학생이 책을 좋아하니 오천 원에 세 권 줄게. 다 읽으면 또 와."

"네."

그렇게 해서 고른 책 가운데 한 권이 사무엘 베케트의 《고도를 기다리며》였다. 제목의 '고도'가 무슨 의미인지 궁금했던 소연이는 슬쩍 훑어만 보고도 고도가 구체성이 없는 어떤 이상적 존재라는 것을 짐작했다.

소연이에게 쉬는 시간마다 책을 읽는 행위는 왕따로부터 자기 자신을 지켜 주는 단단한 보호막처럼 느껴졌다. 무작위로 자리를 옮겨 다니기 시작한 뒤로는 윤주와도 더 이상 가까이 앉을 기회가 없었다. 점심 식사를 마친 소연이는 재빨리 교실로 돌아와 자리를 잡고 책을 펼쳤다.

에스트라공: 멋진 경치야. (블라디미르를 돌아보며) 가자.

블라디미르: 그럴 수 없어.

에스트라공: 왜?

블라디미르: 기다려야지, 고도를.

에스트라공: 아 참, 맞아. (사이) 여기가 맞아?

블라디미르: 뭐가?

에스트라공: 기다리는 장소가 여기냐고?

블라디미르: 나무 앞이라고 했어. (둘은 나무를 본다.)
다른 나무들이 있어?

에스트라공: 이건 무슨 나무야?

블라디미르: 버드나무 아냐?

의미를 알 수 없는 대사들이 이어지는 희곡이었다. 연극 대본을 책으로 읽긴 소연이도 처음이었다.

'과연 이들이 기다리고 있는 고도는 누구일까?'

'왜 그를 기다리는 동안 이들은 기다린다는 사실조차 헷갈려 하면서 마냥 자리를 떠나지 못하는 걸까?'

그때 한 여학생이 소연이에게 다가왔다. 일진인 미경이였다.

"와! 너는 책만 읽으면 다가?"

소연이는 책장을 덮었다. 가슴이 덜컥 내려앉았다.

"응?"

"책이 글케 재밌나? 우리는 눈에 안 비나?"

"아, 아니야. 할 일도 없고 해서 그냥……."

"할 거 없으면 매점 가서 빵이라도 좀 사 온나."

말로만 듣던 빵셔틀이 시작되는 건가 싶어 소연이는 다소 긴장한 목소리로 대답했다.

"그, 그게…… 도, 돈이 없는데."

"뭔데! 책 사 읽을 돈은 있고, 빵 사 올 돈은 없나?"

소연이는 앞이 깜깜해졌다. 왜 갑자기 자신이 먹잇감이 된 건지 알 수가 없었다.

"와! 야는 책 살 돈은 있어도 빵 살 돈이 없단다. 누구, 야한테 빵 살 돈 줄 사람 없나?"

여기저기서 애들이 킥킥거렸다.

"이러지 마. 나 그냥 사이좋게 지내고 싶어."

"니 서울에서 왔다고 우리 무시하는 기가? 그래서 책만 읽는 거가? 글 좀 쓴다고 나대나?"

"아, 아니야."

소연이는 참을 수 있을 때까지 참기로 했다. 성질대로 했다간 일이 커질 게 불 보듯 뻔했기 때문이었다.

그때였다. 교실 문이 드르륵 열리며 낯선 얼굴 하나가 들어왔다. 남학생답지 않게 목이 가늘고 얼굴이 하얀 학생이었다. 안경을 썼고 웨이브 진 긴 머리를 가운데 가르마로 갈랐는데 길지도 짧지도 않은 머리카락이 부드럽게 물결치고 있었다.

“여기 김소연이 누구냐?”

그 순간 교실에 있던 여자애들의 표정이 변했다.

“어! 진석이다, 진석이.”

여기저기서 소곤거리는 소리가 들렸다. 김소연이 누구냐는 말에 소연이는 퍼뜩 정신을 차렸다. 하지만 옆에 있던 미경이가 신경 쓰여 아는 체도 못하고 우물쭈물하고 있는데 윤주가 크게 말했다.

“저쪽에 쟤다. 교탁 앞에 쟤가 소연이다.”

“어, 그래?”

진석이란 이름의 남자아이가 성큼성큼 걸어오더니 소연이에게 말했다.

“네가 소연이구나. 문예부 박선주 선생님이 좀 보자고 하신다.”

“나, 나를?”

“응. 이따가 문예부로 와. 상담실 옆에 있어. 수업 끝나면 바로 오라고 그러셨다.”

진석이는 소연이의 대답을 기다리지도 않고 몸을 돌려 밖으로 나가려고 했다. 한데 반 아이들을 보고 뭔가 이상

한 낌새를 챘는지 한마디 던졌다.

"뭐꼬? 느그들은?"

갑작스러운 물음에 미경이는 순간적으로 움찔하는 표정이었다.

"아, 아무것도 아니다."

"단디해라."

소연이에게는 표준말을 쓰던 진석이가 아이들에게는 사투리를 썼다. 그리고 그대로 교실 문을 열고 빠져나갔다. 진석이가 나가자 아이들끼리 소곤대는 소리가 소연이의 귀에까지 들려왔다.

"뭐꼬, 점마, 더럽게 잘난 체하네."

"와! 야, 그래도 멋있다 아이가. 다리 긴 거 봤나?"

소연이는 다시 자리에 앉아 책상에 얼굴을 파묻었다. 안도의 한숨이 나왔다. 왜 자신을 문예부로 부르는 건지 알 수 없었지만, 더 큰 봉변을 당하기 전에 진석이가 들어와 구해 준 것만으로도 다행이었다. 교실 뒤에서 여자애들이 계속 떠드는 소리가 들렸지만 신경 쓰지 않았다. 문예부로 오라고 할 때의 표정과 진석이라는 이름이 계속해서 귓가를 맴돌았다. 이상하게 낯설지가 않았다. 어디선가 많이 들어 본 이름 같았다.

미경이는 김이 샜는지 딱 한마디를 남기고 돌아갔다.

"니, 나중에 내 좀 보자."

담임선생님의 종례가 끝나자마자 소연이는 가방을 매고 재빨리 교실을 빠져나왔다. 다행히 진석이가 다녀간 뒤로 시비를 걸어오는 아이는 없었지만 언제 그런 일이 또 생길지 몰라 두렵기만 했다. 밖으로 나온 소연이는 일단 문예부를 찾아가 보기로 마음먹었다. 자신을 부른 박선주 선생님이 어떤 사람일까 궁금했다. 동시에 '이진석'이라는 낯익은 이름을 어디서 들었는지 기억해 내려고 무진 애를 썼지만, 전혀 짐작 가는 게 없었다.

상담실을 지나 문예부 앞에 도착한 소연이는 한쪽으로 비켜서서 조심스럽게 교실 안을 들여다보았다. 먼저 온 아이들이 있었지만 문예부라면서 정작 글을 쓰는 아이는 하나도 없었다. 모여서 이야기를 나누거나 책이며 신문 등을 읽는 아이들뿐이었다. 소연이가 가장 궁금했던 진석이는 어디에도 없었다.

소연이가 들어갈지 말지 망설이고 있을 때 복도 끝에서 걸어오는 한 무리가 눈에 들어왔다. 일진 아이들 몇 명을 거느린 미경이가 열심히 수다를 떨면서 걸어오고 있었다. 미경 무리를 차갑게 한 번 쏘아본 뒤 소연이는 크게 심호흡을 하고 문을 열었다. 괴물들을 피해 성 안으로 피신한 가련한 공주님이 이런 기분일까 싶었다. 하지만 그것도 잠시, 교실 안 아이들의 모든 시선이 쏟아지면서 소연이는 다시 정신을 차리고 현실 세계로 돌아왔다.

"누구냐?"

"저기, 박선주 선생님이 오라고 하셔서……."

소연이가 말꼬리를 흐리자 3학년처럼 보이는 남학생이 말했다.

"어, 선생님이 문예부원으로 뽑으시려나 보구나. 거기 앉아. 아무데나."

"네."

소연이는 문가 쪽에 다소곳이 앉았다. 처음으로 교실 안을 둘러보는데 벽에 작가들의 얼굴 사진이 쭉 걸려 있었다. 대표작도 함께 소개되어 있었다. 소연이는 익숙한 얼굴을 발견하고 깜짝 놀랐다. 김청강 작가의 사진이 걸려 있었다.

"아!"

하지만 내색할 수는 없었다. 작품과 함께 환하게 웃고 있는 김청강 작가의 얼굴을 보자 소연이의 눈에 갑자기 눈물이 고였다. 소연이는 아이들한테 들키기라도 할까 봐 시선을 위로 고정한 채 눈물을 말렸다.

'선생님이 계셨더라면 이런 문제를 털어놓고 상의라도 했을 텐데.'

지금 소연이에게는 학교에서 일어나는 일들을 의논할

사람이 아무도 없었다. 엄마한테 사실대로 말하면 엄마가 가슴 아파할 게 뻔해서 내색조차 할 수 없었다.

잠시 후 복도를 울리는 발소리와 함께 안경 쓴 키 큰 여자 선생님이 들어왔다. 얼핏 봐도 키가 170센티는 될 것 같았다.

"얘들아, 안녕?"

"선생님, 오셨어요?"

아이들은 자리에 앉은 채로 편하게 인사를 했다. 글을 쓰는 아이들답게 자유분방한 듯했다.

"그래, 다들 왔니? 어! 네가 소연이구나."

"선생님, 안녕하세요?"

"그래. 널 오라고 한 건 네가 글을 잘 쓴다고 들어서야. 우리 문예부에 들어오면 어떻겠니?"

"문예부에요?"

"어. 너 글 쓰는 데에 관심 있지? 담임선생님 얘기 들어보니까 소설가가 되는 게 꿈이라고 하던데."

"문예부에 들어오면 글 쓰는 친구들도 만나고, 서로 자극도 되고, 더 잘 쓸 수 있지 않을까?"

소연이는 말없이 고개를 숙였다. 지금껏 꿈꿔 오던 일이었다. 서울에 살 때는 문예부에 들어가지 못했지만, 이곳 부산에서는 어쩌면 문예부가 자신에게 큰 울타리가 되어 줄지도 모른다는 생각이 들었다.

"네."

"그래. 그럼 지금부터 문예부에 들어오는 거다. 얘들아, 소개해 줄게. 김소연이라고 서울에 전학 왔는데 글을 잘 쓴대. 소연이가 자기소개 좀 해 봐라."

"안녕하세요? 저는 김소연이라고 하구요. 글은 초등학교 때부터 조금씩 썼어요. 책 읽는 걸 좋아하고, 지난번 청소년 문학상 공모에 도전했다가 떨어졌어요. 하지만 포기하지 않고 계속 도전할 생각입니다."

"질문 하나 해도 되나?"

아까 처음 대화를 나누었던 3학년 학생이었다.

"네."

"가장 좋아하는 작가는 누구고?"

"외국 작가 중에서는 헤르만 헤세를 좋아하구요, 국내 작가로는 저기 계시는 김청강 작가님이에요."

"아! 그래! 나도 김청강 작가님 좋아하는데."

몇몇이 경계하는 눈빛을 풀고 반가운 기색으로 말했다. 하지만 김청강 작가에게 개인적으로 지도 받았다는 말은 차마 꺼내지 못했다. 소연이는 고개만 끄덕였다.

"그래, 이제 빈자리에 앉고. 진석이는 왜 아직 안 왔니?"

그때 문이 열리고 하얀 얼굴의 진석이가 들어왔다. 아이들이 왁자지껄 웃음을 터뜨렸다.

"야! 너도 양반되긴 글렀다."

"아, 선생님 죄송합니다."

"뭐야?"

"담임선생님이 교실 뒤에 붙여 놓은 학급 환경 정리한 거, 다시 쓰라고 하셔서요. 그거 해 놓고 오는 길이에요."

진석이는 대부분의 글 쓰는 학생답지 않게 발랄하고 활달했다. 왠지 모르게 밝은 기운이 느껴지는 아이였다.

"그래 소연아. 여기 있는 아이들은 차차 알게 될 거야. 한데 진석이는 미리 알아 두면 좋아. 작년 청소년 문학상에서 대상을 받은 아이야."

그 순간 소연이는 깨달았다. 작년 자신의 작품을 제치고 대상을 받은 수상자가 부산의 이진석이라는 학생이었던 게 기억났기 때문이다.

"아, 그 작품. '고양이의 고양이' 그거지?"

"응. 너 어떻게 알아?"

그 순간 소연이의 얼굴이 붉어졌다. 그 작품을 읽고 감탄했던 기억이 떠올랐다. 고양이라는 존재를 사람으로 비유해 고양이가 자신의 반려동물로 또 다른 고양이를 기른다는 설정이었는데, 기발한 발상이 돋보이는 작품이었다. 사람을 집사로 보지 않고 고양이로 보는 독특한 시각이 새로웠다.

"그래. 진석이는 청소년 문학계에서 굉장히 유명하지. 아, 그리고 진석이 외삼촌이 유명한 문인이셔."

"아, 그렇구나."

소연이는 진석이 때문에라도 문예부에 관심을 가져야겠다고 생각했다.

"자, 요번 축제 때 문학의 밤 행사가 있는 거 알지? 축제 때 우리 문예부도 뭔가 하긴 해야 하는데 일단 시화전만큼은 전원 참석하도록 하자."

"선생님은 소설가면서 왜 저희더러 시를 쓰라고 하세요?"

창가에 앉은 애가 불만을 터뜨렸다.

"야, 시가 모든 문학 장르의 출발점이라고 내가 늘 말하잖아. 시적 감성만 있으면 소설을 쓰든 수필을 쓰든, 기사를 쓰든 문제없어. 다 도움이 되는 거야. 이 기회에 시도 쓰고, 전시회까지 해 보면 좋잖아. 소설을 전시할 순 없잖아. 아, 참."

진석이가 고개를 갸웃하며 말했다.

"아, 선생님. 그럼 저는 장시를 쓸까 봐요."

"하하! 너는 소설을 쓰니까 그런 생각을 하는구나. 소연이 넌 뭘 할 거니?"

"저는 오늘부터 생각해 보려고요."

"그래. 그럼 이제부터 시화전에 제출할 것들은 여기에 와서 작업해도 된다. 마감이 25일이니까, 그때까지 해서 여기 벽에다 전시해 놔. 쓰다 궁금한 건 선생님한테 언제든 물어보고. 그럼 자, 이제 끝났으니 각자 집으로 돌아가."

박선주 선생님이 밖으로 나가자 소연이의 옆으로 진석이가 다가와 말을 걸었다.

"선생님은 한 10년 전에 등단하셨대. 그런데 등단하자마자 교사가 되는 바람에 교직 생활을 하면서 소설을 쓰시려고 했대."

하지만 이름을 들어 본 적은 없었다. 소연이는 조용히 핸드폰을 꺼내 선생님의 이름을 검색했다. 몇 초 후 화면에는 〈조문일보〉의 신춘문예 소설 부문 당선작 기사와 함께 젊은 시절 선생님의 얼굴이 환하게 떠올랐다.

어머니가 없습니다. 어머니가 나왔다는 학교를 지나가 본 적이 있습니다. 그 학교에서 여학생들이 쏟아져 나올 때 그 안에서 어머니를 한참 동안 찾았습니다. 그 뒤로 어머니를 그 학교에 두고 왔습니다. 언제든 어머니를 보러 갈 곳이 생겨서 기뻤습니다.

그러던 나의 가슴, 어머니를 내준 자리에 새로운 생명이 자랐습니다. 그것은 문학이었습니다. 허약한 그 생명체에 물을 주고 햇빛을 쏘인다고 생각했는데 어느 순간 제가 문학에게 물을 얻어먹고 햇빛을 받고 있었습니다. 그 선물이 오늘의 당선인 것 같습니다. 어머니, 감사합니다.

"그런데 선생님의 첫 작품이 최고작인 동시에 마지막 작품이 되고 말았지. 교사가 되고 난 뒤에는 소설이 영 안 써지더래. 그런 이유로 맨날 자신은 무늬만 소설가라고 하시는데, 문학에 대한 열정은 누구보다 강하신 분이야."

"아, 그렇구나."

소연이가 가방을 싸서 일어나자 진석이가 따라나섰다.

"넌 집이 어디야?"

"응, 학교 앞 요기 부산 슈퍼 옆."

"아, 거기. 혹시 거기서 담배 피는 애들 없어?"

"못 봤는데?"

"옛날에 거기서 애들 담배 많이 폈는데?"

키 크고 잘생긴 문예 부장 진석이와 함께 걸어 내려가자 소연이는 왠지 가슴이 콩닥거렸다. 지나가는 아이들이 힐끔힐끔 쳐다보는 느낌이었다.

학교 건물 모퉁이를 돌자 소연이를 기다리고 있던 미경이가 큰 소리로 불렀다.

"야! 김소연!"

소연이와 눈이 마주쳤지만 예상치 못한 그림 탓인지 미경이는 갑자기 얼어붙은 것 같았다. 소연이의 옆에 나란히 서 있던 진석이를 보고 아무 말 없이 홱 돌아서더니 화장실 쪽으로 뛰어갔다. 진석이 덕분에 또 한 번 위기의 순간을 모면한 소연이는 안도의 한숨을 내쉬었다.

"학교생활은 어때? 애들이 잘해 줘?"

"응? 으응."

"혹시 어려운 일 있으면 나한테 말해."

"고마워."

"거칠긴 해도 속마음은 따뜻한 애들이야."

"알았어. 난 이제 갈게."

"그래 잘 가."

큰길까지 내려가는 대로에서 소연이는 진석이와 헤어졌다. 하지만 그 뒤로도 한참 동안 진석이가 쳐다보고 있다는 건 알지 못했다. 소연이는 집까지 걸어가는 내내 지금처럼 왕따가 계속되면 어떻게 해야 하는 걱정뿐이었다. 서울에 있을 때도 일단 학교 폭력이 일어나면 문제가 커지는 것을 익히 봐 왔기 때문이다. 그런 경우 가해자 아이도 전학을 가지만 피해자 아이도 학교에 남아 이전처럼 생활하기가 쉽지 않았다.

"문제가 생기면 안 되는데."

소연이는 걱정이었다. 부산에서 어떻게든 자리를 잡기 위해 노력하는 엄마를 자신의 문제로 학교에 오라, 가라 할 수 없었기 때문이다. 어떻게든 이겨 내야 한다는 생각뿐이었다. 소연이는 어쩌면 자신이 기다리고 있는 '고도'는 왕따 없는 교실일지도 모른다고 생각했다.

3장 낯선 곳에 녹아드는 익숙한 것들

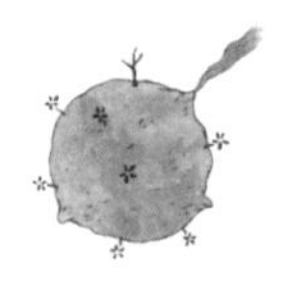

영도를 부산과 이어주고 있는 영도대교와 부산대교는 서로 지척에 있었다. 그런데 그 사이의 바다는 바다라고 할 수 없을 만큼 작았다.

200미터 정도의 폭을 가진 바다. 서울의 한강보다도 좁은 강. 소연이의 눈에는 산골짜기 좁은 개울처럼 보였다. 좁디좁은 바다에 닻을 내린 수많은 어선과 바지선들. 그렇게 다닥다닥 붙은 채로 배들이 정박한 풍광은 낭만적인 모습과는 거리가 멀었다.

"아이, 옹색해."

소연이는 낡은 창고 앞길 건너편 바다 위에 떠 있는 배들을 바라보며 어지럽고 낡고 칙칙한 분위기의 바닷가를 거닐었다. 문득 며칠 전 김청강 선생님이 보낸 메시지가 떠올랐다.

소연아.
잘 지내고 있느냐.
글도 열심히 쓰고 있지?

네, 선생님.
글은 못 쓰고 있지만
일기는 조금씩 쓰고 있어요.

문학상에는 계속
도전하고 있지?
열심히 해라.
선생님은 항상 너를 응원한다.

네, 선생님.
그런데 낯선 곳에 오니
뭐부터 써야 할지 모르겠어요.

부산이라는 낯선 곳에 가서
살아보는 것도 작가로서는
좋은 경험이다.
낯선 곳에 익숙한 것들이
어떻게 녹아드는지를 잘 살펴봐.

'낯선 곳에 익숙한 것이 녹아든다.'는 말이 멋있었다.

'이곳 부산에서 내게 익숙한 게 뭘까?'

익숙한 것은 하나도 없었다. 소연이는 이곳에서 끝없는 이방인 신세였다. 문예부 박선주 선생님도 비슷한 이야기를 했었다.

"애들아, 되도록이면 뜬구름 잡는 이야기는 쓰지 마. 문학이라는 건 말이야, 읽는 사람이 자기 얘기처럼 느끼고 생각할 수 있게 해야 해. 너희도 그렇게 써야 하지 않겠니? 생활 주변에서 좋은 소재를 잡아 보도록 해."

"네."

"자신에게 제일 익숙하고 가장 큰 고민거리를 써야 해. 자기도 모르는 걸 쓰려면 낯설어서 더 힘이 들지."

띠딩! 메시지 알림음 소리에 핸드폰을 확인해 보니 엄마였다.

사랑하는 딸.

오늘도 열심히 하고 있지?

엄마도 열심히 하고 있어.

외삼촌 식당에서

일할 수 있어서

얼마나 좋은지 몰라.

엄마는 소연이가 걱정할까 봐 이런 문자를 가끔 보냈다. 보나 마나 엄마는 잠시 손님이 끊긴 시간을 이용해 식당 앞 의자에 앉아 바다를 바라보며 문자를 보냈을 것이다. 엄마가 기댈 사람은 역시 소연이뿐이었다.

'그래. 부산에서 내게 익숙한 건 엄마뿐이잖아. 우리 엄마가 내게 익숙한 유일한 사람이지. 엄마는 이 낯선 풍경에 잘 녹아들고 있을까?'

자율 학습 시간이었지만 소연이는 가방을 쌌다. 소연이가 엄마에게 가겠다고 하니 담임선생님은 순순히 외출증을 끊어 주었다.

저녁 도로에 해가 지려면 아직 두어 시간 더 남아 있었다. 소연이는 영도행 버스에서 내려 부산대교와 영도대교가 뿌리내린 바닷가를 걸었다. 해양대학이 보이는 방파제 쪽으로 조금만 가면 외삼촌이 운영하는 '노인과 바다'가 보였다. 먼 바다가 보일락 말락 하는 바닷가에 위치한 횟집이었다. 그런데 층층이 쌓인 수조 안은 텅 비어 있었다. 지금 시간이면 물고기들이 활기찬 유영을 선보이고 있어야 했지만 아무것도 없었다. 소연이는 커다란 참돔이 몸을 비틀며 뛰어오르는 스티커가 붙은 유리문을 열고 가게 안으로 들어섰다. 엄마는 한창 홀에서 양은 쟁반에 반찬을 담아 나르고 있었다. 열 평 남짓한 작은 식당 여기저기서 손님들이 저녁을 먹거나 술추렴을 하고 있었다.

"엄마!"

소연이가 작은 소리로 엄마를 불렀다. 손님들 시중을 드느라 바쁜 엄마는 미처 주의를 기울이지 못하다가 한참 만에 고개를 돌렸다.

"어머, 소연이 왔구나."

그 말에 주방에서 회를 썰던 외삼촌이 고개를 들고 알은체를 했다.

"소연이 왔니?"

"안녕하세요? 외삼촌."

"그래. 배고파서 왔구나."

"아, 아니에요."

엄마는 앞치마에 손을 닦으며 소연이에게 다가왔다.

"배고픈 거 아니야? 용돈 필요해?"

"아냐, 엄마. 엄마 어떻게 일하나 보러 왔어."

"엄마 일하는 거 봐서 뭐해? 창피하게."

"일하는 게 뭐가 창피해?"

정말이지 그런 마음은 하나도 없는 소연이였다.

소연이는 어려서부터 읽어 온 수많은 책을 통해 노동이 얼마나 중요한지를 잘 알고 있었다. 노동이야말로 인간의 가장 기본적인 생존 수단이며, 자아 정체성을 충족시키는 고귀한 행위라고 믿었다. 또한 엄마가 이렇게 일할 수 있다는 것, 그 자체만으로도 고마운 사실이라는 것을 누구보다 잘 알고 있었다.

"잠깐 기다려. 방금 외삼촌이 회 썰었는데 한 접시 달라고 해 볼게."

"아냐, 엄마. 괜찮아."

엄마는 막무가내로 주방으로 들어가더니 잠시 후 수북하게 담긴 회 한 접시를 들고 나왔다.

"자, 이거 먹어 봐. 외삼촌네 회는 맛있는 거 너도 잘 알잖니."

"응."

성의를 무시할 수 없어 소연이는 몇 점 집어 먹었다. 싱싱하고 부드러운 회가 입안에 들어가자 탱탱하게 씹히다 녹아 없어졌다. 감칠맛만 남기고 사라지는 느낌이었다.

"딸, 무슨 고민 있어?"

"아니."

소연이는 횟집 내부를 쓱 둘러보았다.

"장사는 잘돼?"

"외삼촌 말이 장사가 안 된대. 이곳 조선소가 문을 닫아서. 몇 년 전까지만 해도 꽤 재미를 봤는데 요새 큰일이라고 하신다."

"손님들은 있잖아? 회가 이렇게 맛있는데."

회는 정말 맛있었다. 싱싱하고 적당히 탄력적인 생선살이 입안에 단맛과 감미로움을 선사했다.

"회 맛있니?"

외삼촌이 물었다.

"네, 특이해요."

"우리 회는 숙성 회야. 그래서 맛이 좀 달라."

"숙성요? 그럼 밖에 있는 수족관은 뭐예요?"

"수족관의 생선은 활어 횟감이지. 원하는 사람은 그걸로 주고, 회 맛을 아는 사람은 숙성 회로 주는 거지."

"그래서 손님이 이 정도인 거예요?"

"응. 지금 있는 손님은 저녁 식사하러 온 사람들이야. 술손님이 없어서 큰일이야. 이제 이 손님들 나가면 없어."

엄마 말에 의하면 식당 장사를 좌우하는 건 술손님이라

고 했다. 술을 많이 팔아야 마진을 많이 남겨서 돈을 버는데, 대부분은 식사하면서 소주 한 병 정도만 반주로 마시고 떠난다는 것이다. 낯선 곳에 익숙한 게 녹아들기가 결코 쉽지 않아 보였다.

"술손님들이 찝쩍대지는 않아?"

"괜찮아. 외삼촌이 해병대 출신이잖아. 함부로 까불다가 혼나지. 게다가 외삼촌이 이곳 터줏대감 아니니?"

"다행이야. 엄마, 나 이제 집에 가서 글 쓸게."

"그래. 조심해서 가."

엄마는 주머니에서 이만 원을 꺼내 손에 쥐어 주었다.

"아냐, 괜찮아. 엄마, 나 돈 있어."

"아냐. 가다가 필요한 거 사 가지고 들어가. 엄마가 늦더라도 문단속 잘하고. 곧 들어갈게."

그때 홀에 있던 손님이 부르자 엄마는 황급히 그쪽을 바라보며 외쳤다.

"네, 네. 갑니다."

그리고 다시 소연이를 돌아보며 안타까운 눈빛으로 어서 가라고 손짓했다.

"알았어."

횟집을 나온 소연이는 버스를 타기 위해 왔던 길을 거슬러 걸어갔다. 버스가 오려면 한참 기다려야 했다. 소연이는 정류장 벤치에 걸터앉아 일기를 썼다.

반지하방 일기 3

낯선 곳에 익숙한 것들은 녹아들기 어렵다.

마치 찬물에 버터 한 덩어리를 던져 넣은 느낌이다.

버터가 녹으려면 물이 뜨거워야 한다.

아니면 버터가 딱딱하길 거부하고 기름처럼 부드러워져야 할 것이다.

아니, 기름이 물과 과연 섞일까?

경계면을 녹일 수 있는 계면활성제가 필요하다.

내겐 무엇이 계면활성제일까?

버스가 왔다. 소연이가 올라탄 버스는 흔들거리며 길을 건너갔다. 버스가 집으로 향할 동안 소연이는 자리에 앉아 책을 펼쳤다. 《고도를 기다리며》를 읽는 것은 마치 소연이에게 또 하나의 고도를 기다리는 일처럼 느껴졌다. 다 읽을 즈음 고도가 오려나? 고도는 과연 누구일까? 소연이는 책을 읽으면 읽을수록 궁금해졌다. 하지만 고도는 여전히 나타나지 않았고 그를 기다리는 동안 두 주인공은 끊임없는 대화를 주고받았다. 소연이는 그 속에 담긴 의미와 비유, 상징을 하나도 이해할 수 없었다. 소설을 써 버릇했던 소연이라서 대화 하나하나에 내포된 의미를 찾아보려고 노력했지만 결국 과부하가 걸렸다. 신경을 한곳에 모으고 집중했지만 용량 초과였다.

'이 희곡을 실제로 무대에 올리면 과연 어떻게 될까? 부조리극이라고 하는데 이런 작품을 보고 관객들이 정말 재밌어 한단 말인가?'

작품 해설을 읽으며 소연이는 더욱 놀랐다.

'이 작품이 당대 최고의 인기작이었고, 연극사에 한 획을 그은 작품으로 지금까지도 추앙받는다고?'

하지만 한편으로는 낯선 것에 섞이지 못하는 어색함을 부조리라고 말할 수도 있겠다는 생각이 들었다.

소연이를 태운 버스는 집 앞 큰길 정류장에 정차했다. 집 앞인 동시에 학교 앞이기도 했다. 소연이는 버스에서 내린 뒤 근처 편의점에 들렀다. 컵라면 세 개와 아이스크림까지 총 만 원어치를 사서 검은 비닐봉투에 담은 뒤 엄마가 준 돈으로 계산하고 돌아설 때였다.

"니, 3반에 새로 전학 온 아~제?"

뒤에서 굵직한 목소리가 들렸다. 돌아보니 인명고등학교 교복을 입은 남학생이 서 있었다. 교복 셔츠의 단추를 다 풀어헤치고 짝다리 짚고 선 모양새를 보아 하니 스스로 단정한 학생은 아니라고 아우성치는 꼴이었다.

"으응."

서울이었으면 쌩하니 가 버리면 그만이었을 텐데, 소연이가 있는 곳은 부산이었고 왕따까지 당하는 처지라 차마 그럴 수 없었다. 소연이는 만나는 사람 하나하나에 신경을 곤두세웠다.

"느그 반에 미경이라고 있제?"

미경이란 이름을 듣는 순간 소연이는 온몸에 소름이 돋았다.

"……."

"미경이 가가 니한테 잘해 주나?"

"그건 왜? 넌 누구니?"

잘해 준다고 얘기할 수도 없고, 못해 준다고 얘기할 수도 없었다. 대개 이런 질문은 양날의 칼이었다. 잘해 준다고 해도 문제, 못해 준다고 해도 문제였다. 어느 쪽으로 얘기해도 거짓말을 했다는 시빗거리를 피해 갈 수 없기 때문이다. 이럴 때는 듣고도 못 들은 척 하는 게 제일 나은 방법이었다. 입을 다물고 가만히 있으면 간혹 그 어느 쪽 칼날도 잡지 않을 수 있었다.

"사람이 묻는데 와 대답을 안 하노? 사람 말이 말 같지 않나?"

"으응. 잘 모르겠어."

“몰라? 하하하하!”

소연이는 눈을 들어 사내아이를 보았다. 그 눈빛이 악의를 띠고 있지는 않았다.

“내 5반에 문태식인데.”

“응. 아, 안녕.”

“내 다 알고 있다. 미경이 그거 독한 가스나거든.”

“…….”

할 말이 없었다.

“와? 미경이 때문에 힘드나?”

“아, 아니.”

“솔직하게 말해도 된다. 미경이한테 내가 잘 말해 주꾸마. 그 가스나 내 말이라면 꼼짝 못 한다 아이가. 그 대신 조건이 있다.”

“무, 무슨?”

“니, 가한테 왕따 당하는 거 내가 막아 줄 테니까 학교생활 잘할라면 내랑 사귀자.”

사귀자는 말에 소연이는 다시 태식이를 살펴보았다. 잘생긴 얼굴도 아니고 못생긴 얼굴도 아니었다. 찢어진 눈이 약간은 반항기 있어 보이지만 시커먼 눈썹 덕분에 나름 호남형으로 보이는 녀석이었다. 어떻게 발목을 집어넣었나 싶을 정도로 타이트한 바지를 입고, 염색한 머리에 파마까지 한 모습이 영락없는 학교 일진이었다.

"지금 꼭 대답해야 돼?"

소연이의 갑작스러운 질문에 태식이는 살짝 당황하는 기색이었다.

"아, 아니. 그런 건 아니고."

"생각 좀 해 보면 안 돼?"

"그라면 대답할 때까지 기다리지. 아무튼 내랑 사귀자."

소연이는 김청강 작가의 수업 시간에 들었던 다양한 상황 대처법을 떠올렸다. 그중에 상대방의 요청을 거절하는 방법이 있었는데, 거절할 때 제일 좋은 방법은 묵묵부답이었다. 곤란한 부탁에는 굳이 대답할 필요가 없기 때문이었다. 이런 경우 보통은 눈치 빠른 자들이 거절 의사를 알고 물러난다고 했다. 그리고 엉뚱한 소리를 해서 주의를 환기하는 방법이 있다. 태식이 소연이에게 사귀자고 했을 때 신발이 멋지다든가, 오늘 날씨가 좋다든가 하는 식으로 화제를 돌리는 것이다.

하지만 소연이의 눈에 비친 태식이는 거절의 뜻을 알아차릴 사람처럼 보이지 않았다. 게다가 이 방법은 성인들 사이에서나 통하는 방법이어서 살짝 위험하다고 했었다. 마지막으로 상대방에게 솔직히 거절할 수밖에 없는 이유를 설명하는 것인데 이 또한 좋은 방법은 아니었다. 상대방이

원하는 대답은 따로 있었기 때문이다. 아무튼 지금 같은 상황에서는 소연이가 선택할 수 있는 게 없었다. 생각할 시간을 버는 것 말고는 다른 뾰족한 수가 없어 보였다. 시간을 번다는 것은 상황이 변하기를 기다려 보는 것인데, 사람의 감정이나 생각은 흐르는 물처럼 시시각각 변하기 때문이다. 즉, 어떤 물음에든 즉시 대답할 이유는 어디에도 없었다.

김청강 작가는 이렇게 조언했다.

"누군가 욕을 하면 상대는 즉각적으로 반응하지. 더 거친 욕으로 받아치는 거야. 하지만 그럴 때는 잠시 시간을 두고 생각해야 해. 그럼 시간이 지나면서 화도 가라앉을 뿐만 아니라, 먼저 욕하거나 비난했던 사람이 사과해 올 수도 있거든. 그래서 우리 삶에는 시간이 필요해. 시간이 약이라는 말은 잊어야 할 때도 많이 쓰이지만, 흥분을 가라앉히고 즉각적으로 반응하지 않게 해 준다는 의미에서도 필요한 말이야. 말 그대로 시간이 약이 될 수도 있거든."

잠시 후 소연이가 천천히 말했다.

"그럼 나도 생각해 볼게."

다행히 태식이는 편의점에서 나가는 소연이를 뒤따라가지는 않았다.

"그래, 알았다. 그라믄 내가 기다리꾸마."

"휴, 고마워."

편의점을 나온 소연이는 집 쪽으로 발길을 돌렸다. 당장 왕따 문제를 해결하지도 못했는데 예상치 못한 난관에 부딪혔음을 깨달았다. 문태식의 얼굴에 문예 부장인 이진석의 얼굴이 오버랩 되었다. 이진석이 밝음의 상징이라면 문태식은 어둠의 상징이라고나 할까. 지금 소연이의 입장에서는 어느 누구와의 관계도 버겁기만 했다.

집에 돌아온 소연이는 컵라면 물이 끓기를 기다리는 동안 펜을 들었다. 다시 한 번 일기를 쓰기 시작했다.

반지하방 일기 4

대시. 오늘 처음, 대시해 온 아이가 있었다.

자칭 우리 학교 일진이라는 문태식.

김청강 작가님의 말씀대로

시간을 벌기 위해 생각할 시간을 달라고

미루어 두었다.

내게는 할 일이 있는데 꿈을 향해 나아가야 하는데

이러한 작은 사건들과

이러한 어려움들을 어떻게 헤쳐 나가야 하는 것일까?

누군가 내게 힘을 주면 좋겠다. 힘을…….

소연이는 점점 학교에 가기 싫어졌다. 아무 존재감 없는 자신의 위치가 불안하고 고통스러웠다. 어서 빨리 어른이 되고 싶었지만, 졸업 후 대학에 갈 수 있을지도 의문이었다.

블라디미르: 여긴 더 있어 봐야 할 일도 없구나.

에스트라공: 어딜 가도 마찬가지야.

블라디미르: 이봐, 그런 소리 하지 마. 내일이면 되는 거야.

에스트라공: 어떻게?

블라디미르: 아까 그 꼬마 말 못 들었어?

에스트라공: 못 들었는데.

블라디미르: 고도가 내일은 꼭 온다잖아. (사이) 그래도 모르겠어?

에스트라공: 그럼 여기서 기다려야겠네.

블라디미르: 미쳤냐? 우선 잠잘 곳을 찾아야지.
(에스트라공의 팔을 잡는다.) 이리 와.

소연이는 답답한 마음에 책장을 다시 펼쳤다. 하지만 머릿속을 맴도는 온갖 상념 탓에 집중할 수 없었다. 블라디미르나 에스트라공에게서 자신의 모습이 보였다.

소연이가 괴로워하며 다음 장을 넘기지 못하고 있을 때 메시지 알림 소리가 났다. 서울에 있는 현준이였다.

누나. 釜山에서 글 잘 쓰고 있음?
나도 열심히 김청강샘 宿題 잘하고 있음.
漢字 實力 늘었다고 稱讚받음.

응. 잘 있어. 너도 변함없지?

나 이번 〈경한일보〉에서 公募하는
學生 記者 선발에 나갈 거임.
공모전 사이트에 대문짝만 하게 났음.

너는 공모전도 참 잘 찾아낸다.

문학이나 소설 공모전도 엄청 많은데 누나는 왜 안 함?

나는 잘 모르겠는데.

요즘 공모전 앱 되게 많음.
그거 꼭 해 보삼.

순간 소연이의 머릿속에 반짝하고 불이 들어오는 것 같았다. 김청강 작가가 늘 공모전에 도전하라면서 했던 말이 떠올랐다.

“공부도 독서도 글쓰기도 목표는 하나야. 실전을 위해서지. 글을 썼으면 되든 안 되든 응모해 봐야 해. 떨어지기도 하면서 실력이 느는 거야. 준비되면 응모한다는 건 자신감 없는 루저들의 변명일 뿐이다.”

소연이는 핸드폰을 꺼내 공모전 앱을 검색했다. 엄청나게 올라와 있는데 그중 하나를 다운받아 설치했다.

‘어머, 공모전이 이렇게나 많았어?’

앱에는 각종 신춘문예부터 시작해 크고 작은 공모전 정보가 잔뜩 있었다. 응모 기한이 지나 마감된 것도 있고, 응모 자격이 성인이나 대학생으로 제한된 것도 있었다. 그 가운데 소연이의 관심을 끈 것은 문상대학교 청소년 문예대상 공모였다. 가슴이 뛰었다. 상금도 백만 원이나 되는 큰 상이었다. 가장 마음에 들었던 시상 내역은 당선 시 문상대학교에 입학할 수 있는 특전이었다. 게다가 마감까지 멀지 않았다.

그걸 보는 순간 복잡하고 어지러웠던 일들은 어디론가 사라지고, 소연이의 가슴에는 뜨거운 열기가 장착되었다. 공모 요강을 읽는 동안 소연이는 자신이 나아갈 길은 역시 글을 쓰는 작가가 되는 길뿐이라고 다시 한 번 다짐했다.

4장 교수의 아들

"불이야!"

갑자기 사방에서 고함소리가 들렸다. 소연이는 문예부실에서 치솟는 불길을 보고 깜짝 놀랐다. 그 안에 소연이가 써 둔 소설 원고가 있었다.

"안 돼! 내 소설이야!"

뜨거운 열기 때문에 가까이 다가갈 수 없었지만 소연이는 어떻게든 불길을 피해 그 소설을 꼭 구해 내야 했다. 그 소설이 있어야 문상대학교 공모전에 도전해 볼 수 있기 때문이었다. 소연이의 미래가 달려 있었다.

"안 돼!"

소연이는 그대로 뜨거운 불길 속으로 몸을 던졌다.

“앗! 뜨거워!”

소연이는 번쩍하고 눈을 떴다. 꿈이었다. 벽시계를 보니 학교 갈 시간도 빠듯했다. 부랴부랴 머리를 감고 빈속으로 집을 나섰다. 엄마는 침실에서 곤히 자고 있었다. 밤늦게까지 식당 일을 하고 오는 엄마에게 아침밥을 차려 달라고 할 순 없었다. 부산에 이사 온 뒤로 소연이는 혼자서 아침을 차려 먹는 게 습관이 되었고, 엄마는 그런 소연이를 위해서 식당에서 남은 반찬을 싸 왔다. 평소 같으면 냉장고에서 반찬통 한두 개만 꺼내 한술이라도 뜨고 나왔을 텐데, 오늘은 늦잠을 자는 바람에 그마저도 놓치고 말았다. 어젯밤 늦게까지 공모전 소설을 탈고하다 잠들어 버린 게 이유였다. 그나마 다행인 것은 교내 시화전에 출품할 시를 써 놓은 것인데 사실 소연이는 썩 마음에 들지 않았다. 부산에서의 새로운 삶에 대한 소회가 담긴 했지만, 과거에 끼적거렸던 메모에서 억지로 짜낸 상념의 찌꺼기 같아서 영 마음에 들지 않았다.

‘아무래도 안 되겠어. 시는 내 영역이 아닌 것 같아.’

소연이는 만일을 대비해 예전에 썼던 짧은 수필을 함께 가져왔다. 방과 후에 시화전 중간 점검이 있었다. 각자 써 온 작품을 발표하고 그중 괜찮은 것을 함께 고르기로 했다.

소연이는 시간에 쫓겨 젖은 머리를 한 채 집을 나섰다.

큰길가에 다다르자 등교하는 아이들이 점점 많아지더니 물결을 이루었다. 소연이도 자연스럽게 그 속으로 걸어 들어갔다. 가는 내내 소연이의 머릿속에서는 여전히 이진석의 이름이 맴돌았다. 학교에 가면 시화전과 공모전 준비로 해야 할 게 한두 가지가 아니었지만, 대상을 받은 진석이의 실력이 궁금했다. 그리고 무엇보다 진석이가 보는 앞에서 제대로 실력 발휘를 해 보고 싶었다.

교실로 들어간 소연이는 창가 쪽 자리를 잡았다. 수업 시간 동안 짬짬이 창밖을 보며 머리를 식히고 싶었다. 그런데 앉자마자 윤주가 다가왔다.

'왕따가 된 이후로 좀처럼 아는 척도 안 하더니 무슨 일이지?'

"소연아."

"으응? 윤주구나."

"자, 이거."

윤주가 재빨리 뭔가를 건넸다. 쪽지였다.

저번에 생각해 본다는 건 어떻게 됐냐?

답을 들어도 될 때가 된 거 같다.

오늘 답을 해 줘.

문태식.

지난번 제안에 대한 답을 요구하는 태식이의 쪽지였다. 소연이가 얼굴을 바라보자 윤주는 어깨를 으쓱했다.

"왜 이걸 나에게?"

"몰라. 아까 학교 오는데 갑자기 태식이가 오더니 니랑 나랑 같은 반이냐고 물어보데. 그렇다고 했드만 전해 달라 하드라. 나 안 봤다."

소연이는 순간 귀까지 빨개져서 고개를 숙였다. 윤주는 빙글빙글 웃으면서 다른 자리로 옮겨 갔다. 책상 안을 더듬었지만 비어 있었다. 썩은 우유 사건이 있은 뒤로 소연이는 책상 안에 손을 넣을 때마다 가슴이 뛰었다. 자리를 옮겨 다닌 뒤로는 그런 일이 없었지만 여전히 책상 안에 손을 넣을 때마다 그때 일이 떠올랐다. 트라우마로 남은 것 같았다.

국어 시간이 되자 박선주 선생님이 들어왔다. 아이들이 문제를 풀 동안 선생님이 다가와 물었다.

"소연아, 시화전에서 어떻게 할 거야?"

"시 몇 편 써 봤는데요. 잘 안 돼요."

"넌 소설을 쓰잖니?"

"네."

뭔가 생각에 잠겨 있던 박선주 선생님은 소연이의 어깨를 쓰다듬으며 말했다.

"그래. 이따가 문예부실에서 한번 보자."

"네."

"기대할게."

소연이는 그 말에 더욱 움츠러들었다. 그날 하루 수업이 어떻게 지나갔는지 모를 정도였다.

수업이 끝나고 소연이는 도살장에 끌려가는 기분으로 교실을 나왔다. 문예부실로 가는 동안 머릿속에서 밤새 구상한 시 두어 편이 뒤죽박죽되었다. 차라리 하나로 합치면 어떨까 하는 생각이 들 정도였다.

소연이가 문예부실에 도착하고 잠시 후 부원들이 하나 둘씩 모여들었다. 시화전 중간 평가 날이어서 다들 생각해 온 게 있는 듯했다. 아예 그림을 그려 넣은 완성작을 가져온 아이도 있었다.

"야, 너 이렇게 했다가 선생님이 다 뜯어고치라고 하면 어떻게 하려고 그래?"

"뭘 고쳐? 이거 내가 최고로 잘 쓴 거야. 이걸 왜 고치냐?"

선생님을 기다리는 동안 아이들은 서로에게 작품을 보여 주며 수다를 떨었다. 지금까지 내성적이고 소극적이었던 문예반 아이들도 이때만큼은 굉장히 들뜬 모습이었다.

잠시 후 문을 열리고 박선주 선생님이 진석이와 함께 들어왔다.

“자, 애들아. 대충 다 모였으니 어디 한번 시부터 보도록 하자. 우선 시화전을 왜 하는지 알고 있니?”

“왜 해요?”

“너희들이 이걸 계기로 시를 써 보게 하는 게 가장 큰 목적이야. 가르치는 입장에서 보면 이런 기회를 통해 너희에게 문학적인 재능이 있는지 없는지를 판단할 수 있거든. 그리고 너희 입장에서는 이런 일들이 삶의 활력소가 되고 공부에 지친 머릿속을 시원하게 비우는 기회가 되겠지. 물론 시를 꼭 잘 써야 할 필요는 없단다. 시를 써 보려고 머리를 굴리는 것만으로도 의미가 있어. 자, 그럼 어디 한 사람씩 발표해 보자.”

놀라운 일이었다. 그렇게 소극적이고 얌전하던 아이들이 선생님의 이야기가 끝나자마자 한 명씩 시를 낭송하기 시작한 것이다.

꽃다발

아! 기억이 난다.

너도 한때는 아름다웠지.

시든 모습,

버려진 자태도 아름답구나.

소연이의 눈에는 풋내 나는 유치한 시들이었지만 간혹 발랄해서 인상적인 작품도 있었다.

안 한다면

이 세상엔 좋은 직업이 많다.
교수
공무원
의사
변호사…….

교수가 논문만 안 쓴다면.
공무원이 출근만 안 한다면.
의사가 환자만 안 본다면.
변호사가 변론만 안 한다면.

"하하하!"
"완전 웃겨!"
아이들은 그럴 때마다 깔깔 웃어댔지만 박선주 선생님

은 가타부타 말없이 미소만 지을 뿐이었다.

"재밌는 시인걸? 아주 좋아. 발상이 좋아. 한 줄만 더 넣어라."

"뭐라구요?"

"교사가 아이들만 안 본다면. 호호호."

"에이. 그게 뭐예요?"

"하하하!"

박선주 선생님은 일단 칭찬부터 했다. 그리고 무척 즐거워했다. 문학을 지도할 때 즐거워하는 모습을 보면 진심이라는 걸 알 수 있었다. 열정이라 부를 만했다.

"선생님. 왜 우리 시를 잘 썼다고 칭찬만 하세요?"

2학년 학생이 까칠하게 물었다.

"얘들아, 문학이란 건 정말 영양가 없고 돈 안 되는 거잖아. 칭찬이라도 받아야지. 비난받으면 이 일을 누가 하겠니?"

"아, 맞다."

"선생님은 일단 이렇게 시를 써서 발표했다는 그 자체만으로도 훌륭하다고 생각해."

그리고 드디어 진석이의 차례가 왔다. 진석이는 앞으로 나오더니 자기가 시를 쓰게 된 계기를 먼저 말했다.

"시는 모든 언어예술의 근원이라는 생각이 듭니다. 시에 살을 붙이면 소설이나 수필이 되고요. 시를 그림으로 표현하면 미술 작품이 되고, 음으로 표현하면 음악과 노래가 되는 걸 보고 시야말로 예술의 기초라는 생각이 들었습니다."

논리 정연한 설명에 소연이는 자신도 모르게 고개를 끄덕거렸다. 옆에 있던 아이가 소연이에게 물었다.

"너, 알아?"

"뭐?"

"진석이 아버님이 부강대학교 국문과 교수님이야."

"그래?"

마지막 퍼즐 조각을 찾아 완성한 느낌이었다. 소연이는 별반 애쓰지 않고도 작년 청소년 문학상 심사평을 기억해냈다.

> 고등학생답지 않은 정연한 문장력과 냉철한 이성이 돋보이는 작품이었습니다. 심사위원 모두 장래가 촉망되는 이 학생이 계속 성장해 나가기를 기대합니다.

고등학생이 들을 수 있는 최고의 심사평이었다. 소연이는 왠지 주눅이 들었다.

아니라고 말할 용기

오늘 밤 어느 집
아기가 운다.
응애응애응애.

열린 창문 닫으려
창가에 서니
얼룩고양이 한 마리가
담장 위에 서 있다.

너냐? 도둑고양이냐?
중성화수술 안 했냐?
암컷이 그립냐?

내 물음에 녀석은
이 한 마디 남기고 질주한다.

나는 아니야오옹.

아니라고 말할 줄 아는 멋진 녀석.

"와!"

낭송이 끝나자 아이들은 모두 박수를 쳤다. 나무랄 데 없는 시였다. 멋졌다. 소연이는 갑자기 초조해졌다. 자신이 써온 시가 부끄러웠다. 박선주 선생님도 박수를 치며 말했다.

"역시 우리 진석이는 시면 시, 소설이면 소설, 못 쓰는 게 없구나. 아주 칭찬해."

"선생님, 칭찬만 하지 말고 지적할 부분이 있으면 말씀해 주세요."

"야! 나는 소설 전공인데 어떻게 시를 알겠냐? 굳이 얘기하자면 고양이의 감성을 좀 더 느낄 수 있게 써 봐."

"어떻게 하면 감성을 불어넣을 수 있을까요?"

"감각을 총동원해야지 시각, 청각, 미각, 촉각. 이런 감각들을 동원하면 되지 않을까?"

"아, 네. 노력해 보겠습니다."

진석이가 자리에 앉았다. 박선주 선생님이 이번에는 소연이를 바라보며 말했다.

"자, 이번에는 우리 문예부의 다크호스 소연이의 시를 한번 들어볼까?"

소연이는 심호흡을 한 번 하고 일어섰다.

'까짓 거, 이미 시위를 떠난 화살이야.'

"저, 선생님. 저는 시를 어떻게 써야 할지 몰라서 두 편을 써 봤는데요, 시는 많이 안 써 봐서 어떨지 모르겠어요.

"그래?"

"네. 혹시나 해서 옛날에 썼던 수필도 가져왔는데 수필을 내도 되나요?"

"그럼. 분량이 길지 않으면 전시할 수 있지."

"네."

"어디 한번 다 읽어 보렴."

속으로는 무척 떨렸지만, 소연이는 최대한 덤덤한 어조로 시를 읽었다. 환호는커녕 아이들이 비웃지만 않아도 다행이었다.

바다의 소리

추웠던 엄동설한
대한 소한 흘러가고
시나브로 흐드러져 가는데
막판 추위 휘날리는
으흐흐흐
파도 포말 견뎌 내는 모래사장
적막으로 흐느끼니
허공 나는 갈매기는

봄이 오길 재촉한다.
모래로 만든 성
바다 물결
하나둘 무너지고
작별 인사 하나 없이 떠났다가
돌아오네.
다가올 봄에 다시 또 만나자고.

바다짐승

보름날 팽팽하게 불어오는 만삭의 배
참고 견디며 허공에 빛을 나눈다.
밤바다 떠도는 조각구름도
어둠을 항해하며 잠 못 든 밤별과 소곤대니
바다짐승 울부짖고
사나운 수컷의 음흉한 울음소리.
발정 난 암컷이
허공을 응시한다.

소연이 시 낭송을 끝내자 예상과 다른 반응이 돌아왔다.
"진석아, 봤지? 감성이란 이런 거야. 이렇게 감각적으로 촉촉하게 표현했잖니? 소연이가 시에도 소질이 있구나. 그럼 수필도 한번 읽어 볼래?"

"네."

산과 들과 별에게서 배우고 싶다

이제 방학이 멀지 않았다. 답답한 도시를 벗어나 대자연을 호흡할 수 있는 흔치 않은 기회가 곧 열린다. 며칠만이라도 숙제, 학원, 컴퓨터 따위는 다 잊어버리고 오감을 열어 자연의 가르침을 따르고 본능에 따라 반응할 때이다.

그런데 과연 자연을 통해 뭘 어떻게 배워야 할까? 쌀이 쌀나무에서 열리는 줄 아는 우리에게 가장 먼저, 저 들판에 가득한 들풀과 나무의 이야기는 누가 들려줄 건가. 도감 하나 던져 주면 그런 문제가 해결될까? 마치 현금이 지갑에 꽂히는 것처럼?

식물들이 중요한 이유는 바로 식물을 바탕으로 해서 동물들이 살아가기 때문이다. 나무가 우거진 숲에 각종 동물들이 보금자리를 만들고 그렇게 소중한 생태계가 만들어지니 말이다. 또한 그 안에 살고 있는 짐승들은 서로 먹고 먹히는 존재들이다. 약육강식을 깨닫고 스스로 경쟁력을 키우는 것이 얼마나 소중한가를 자연 속으로 한발 들어가야 비로소 알 수 있다. 숲에서 열매를 따 먹고 노는 것, 그것은 우리 인간에게도 본연의 삶이 아닐까? 먹고 놀고 즐기는 게 아니라 뭔가 적극적으로 생태계의 고마움과 소중함을 배우고 싶다.

자연의 아름다움을 꼭 낮에만 느낄 수 있는 것은 아니다. 해가 지고 어둠이 찾아오면 밤하늘에는 우리의 무한한 상상력을 자극하는 별들의 잔치가 열린다. 어린 시절 별을 헤던 추억 한두 개쯤 없는 사람은 없다. 그러나 별도 역시 우리의 학습 대상. 별은 어떻게 관찰하고 어떻게 이해하는지 알아야 한다. 더 이상 막연하게 별을 아름답다고 여기고 그리워하기만 해서는 안 된다. 바로 우주가 우리의 새로운 미래이기 때문이다. 무한히 넓은 세상을 알게 하는 데에는 밤하늘의 별을 보게 하는 것 이상의 교육이 없는데 누가 우리에게 그걸 알려줄까?

아는 만큼 보이고, 보는 만큼 감동받는 것이 우리 삶이다. 마음껏 대자연에 몸을 맡길 수 있는 이 좋은 시절 우리는 누구에게 배워야 할까?

낭송이 끝나고 선생님은 소연이의 머리를 쓰다듬어 주었다.

"소연이 안에 애늙은이가 있구나. 어떻게 이런 생각을 다 했어? 선생님은 다 좋은데. 세 편 다 내면 좋겠다."

"아니에요. 선생님이 하나만 정해 주세요."

"네가 알아서 고르도록 해. 다른 아이들하고 의견을 나눠 봐."

그때 진석이가 일어났다.

"선생님. 수필도 어차피 이 세상을 살고 있는 우리들 이야기 아닙니까? 그런 관점에서 소연이의 수필은 읽고 나면 남는 게 좀 부족해요. 뜻은 좋은데 뭘 어쩌라는 걸까요?"

순간 소연이의 얼굴이 확 붉어졌다. 진석이의 지적은 사실이었다. 소연이는 아름답게 문장을 다듬으려 애만 썼지 어떤 주제나 의미를 담으려고 하지는 않았다.

"그 안에 깨달음이 있어야 하구요. 그런 깨달음을 통해 독자들이 각성하는 게 아닐까요?"

"그래 진석이의 얘기도 좋은 의견이긴 해. 문학 작품은 시의성을 벗어날 수 없지. 그 안에 어떤 의미든 담아야 해. 하지만 너희들은 아직 고등학생이잖니? 이런 습작을 통해서 훈련을 하는 거야. 나중에 쓰는 작품에는 그런 걸 꼭 담아야겠지만 처음부터 너무 큰 기대를 할 필요는 없어. 소연이의 글은 좀 더 다듬으면 좋겠지만 있는 그대로의 자연을 바라보고자 하는 본성을 울리지. 그런 반향이 있어."

"하지만 문학 작품은 반드시 시대를 반영해야 한다고 생각해요."

그러자 소연이도 발끈했다.

"선생님, 저는요. 소설이나 글은 재미있기만 해도 된다고 생각해요. 읽는 사람에게 재미를 주는 게 나쁜 건가요?"

"아니야. 그렇지 않아. 재미는 소설의 중요한 덕목 가운데 하나지. 재미없는 소설을 누가 읽겠니?"

"하지만 선생님, 시의성도 담고 재미까지 있으면 좋은 거 아닙니까?"

진석이가 자신의 생각을 거침없이 펼쳤다. 뭔가 작심한 듯이 말했다. 하지만 소연이도 물러서지 않았다.

"제가 읽은 소설 중에는 그런 시의성 있는 작품들이 없었지만 개개인의 삶과 슬픔, 분노와 아픔을 담은 훌륭한 작품들이었고, 읽는 동안 저도 함께 눈물을 흘렸어요."

"예를 들면 어떤 게 그렇다는 거지?"

진석이가 물었다.

"예를 들어, 〈운수 좋은 날〉을 보면 가난한 인력거꾼이 모처럼 운수가 좋다고 여긴 바로 그날 집에 있던 아내가 굶어죽잖아요. 아이러니한 일이죠. 저는 이 작품을 읽으면서 인생이 정말 그렇다고 생각했어요. 막상 간절히 원하던 걸 얻었을 때 또 다른 걸 잃게 되잖아요."

소연이는 이 작품을 생각하면서 아빠와 엄마, 그리고 현재 자신이 처한 상황을 떠올렸다. 바야흐로 고등학생이 되어 본격적으로 꿈을 향해 달리려는 순간 부모님의 이혼에 생활고까지 겹쳐 부산으로 이사를 왔다. 과거 부산은 놀러 오고 싶은 환상의 여행지였다. 영화의 도시로 유명한 부산은 시원한 바다와 탁 트인 해변, 현대적인 고층 건물들이 멋지게 어우러진 곳이었다. 어디서나 먹을 수 있는 싱싱한 회와 맛있는 음식들이 사람들을 끌어 모으는 곳이었지만 막상 살기 위해 내려온 소연이에게는 팍팍한 생활 전선 그 이상도, 그 이하도 아니었다. 기대에 부풀었던 만큼 더 크게 와 닿은 실망감과 안타까움을 글로 표현하지 않으면 소연이의 가슴속 무언가가 무너져 내릴 것만 같았다.

"〈운수 좋은 날〉에 담긴 시의성이 없다고? 저는 절대 그렇다고 생각하지 않습니다. 인력거꾼은 요즘으로 치면 개인택시 기사인데 돈을 못 벌어 가족이 굶어죽다니요. 물론 그 당시에는 굶어죽는 게 이상하지 않았죠. 왜 그랬을까요? 바로 작품의 배경인 일제 강점기에서 찾아야겠죠. 우리는 작품에 드러난 시대적 의미를 들여다봐야 합니다. 이 시대에 우리나라가 수탈을 당했기 때문이 아니겠습니까?"

진석이가 언성을 높이자 박선주 선생님이 제지하고 나섰다.

"자, 자, 자, 흥분하지 말고. 진석아, 이제 고만. 지금 이 자리는 문학 토론 대회가 아니야. 그 이야기는 나중에 계속하도록 해. 물론 네 말도 맞지만 지금은 각자의 작품을 읽어 보는 게 목적이니까 그 이야기는 나중에 다시 하자. 소연이랑 다시 얘기해 보렴. 자, 다음 발표로 넘어가자."

'치! 자기 아버지가 교수라고 티 내는 건가?'

소연이의 마음속에서 긴 다리에 하얀 피부를 가진 진석에 대한 호감이 서서히 사라지고 있었다. 이제 소연이의 눈에 비친 진석이는 아는 척, 잘난 척하는 재수 없는 남학생이었다.

시화전 사전 발표는 그 뒤로도 한참 동안 이어졌고, 마지막 발표가 마무리되자 박선주 선생님이 말했다.

"자, 애들아. 오늘은 야자 없는 날이지? 다들 일찍 집에 가라. 너희들이 이번 시화전 준비를 열심히 해 줘서 선생님은 아주 고맙구나. 이번 시화전은 대박이 날 것 같아. 자, 다음 주에는 각자 그림을 그린다든지, 아무튼 시랑 그림을 어떻게 배치할지 초안을 한번 그려 와 봐. 선생님이 미술부와 연결해 줄 테니까 음, 어떤 그림이 어떤 시랑 어울릴지 한번 맞춰 보자. 다음 주에는 미술부 아이들도 올 거야. 자, 이제 집에 가도 좋다."

박선주 선생님은 발랄하게 웃으며 먼저 교실을 빠져나갔다. 뒤이어 아이들도 웅성거리며 가방을 싸서 한두 명씩 교실을 빠져나갔다. 소연이도 가방을 메고 나왔는데 어느새 진석이가 뒤따라와서 말을 걸었다.

"소연아, 아까 혹시 기분 나빴던 건 아니지?"

"아, 아니야."

"아니야?"

"응. 아니야."

"그럼 다행이야. 나도 〈운수 좋은 날〉을 읽었거든. 그런데 읽으면서 나는 화가 나더라. 주인공이 하루 종일 힘들게 번 돈으로 설렁탕인지 곰탕인지를 사 갔는데 사랑하는 아내는 이미 떠난 뒤였잖아. 어렵게 사 간 음식을 한 숟가락도 못먹여 보고 떠나보냈으니 얼마나 억울했겠어. 엉엉 울고 싶었겠지. 처음에는 아내가 굶어죽는 게 너무 이상하다고 생각했어. 그런데 가만 생각해 보니까 이 시대는 그런 시대였던 거야. 요즘 같으면 펑펑 놀고먹는 백수도 가족을 굶겨 죽이진 않잖아."

'백수가 왜 안 굶겨? 가족한테 얼마나 큰 고통을 주는데.'

아빠 생각에 소연이는 갑자기 기분이 착잡해졌다. 능력이 없는 것도 아닌데 소연이의 아빠는 생활비를 벌어 오지 않았다. 가족의 생계를 어렵게 했었다.

"요즘 백수들은 정부 지원을 받잖아. 나라에서 실업 수당은 물론이고 각종 혜택을 주잖아. 전 국민을 위한 복지 정책을 펼치니까. 심지어 대학교에서는 빈 강의실만 찾아다니며 불을 끄는 직업까지 만들었는데 누가 굶어죽겠어? 그리고 예전에 들은 얘기인데 산업이 발달한 도시일수록 일자리가 많아서 그런 곳에는 노숙자도 없다던데."

말을 하면 할수록 진석이에게 당할 수가 없었다.

"인력거꾼인데 왜 굶어죽었을까, 궁금해하면서 자료를 찾아봤지. 그랬더니 그 작품이 발표된 해에 의열단의 항일 운동이 거세졌더라고. 광주 농민 오백여 명은 소작쟁의를 일으켰고. 암태도 소작쟁의로 유명한 육백여 명의 농민은 일제에 맞서 싸우기까지 했어. 게다가 전라도에는 흉년이 들어서 수만 명이 굶주렸대. 일제의 수탈이 심해져서 쌀과 같은 식량은 물론이고 모든 자원이 일본으로 건너갔고. 그러니 절대 빈곤에 빠져 있을 수밖에. 한마디로 그 당시의 인력거꾼은 도시 빈민이나 마찬가지였던 셈이야. 기술도 없고 먹고살기 힘든 사람이 제아무리 열심히 인력거를 끌어도 결국 운에 맡길 수밖에 없는 시대였어. 삶을 운에 맡긴다니, 정말 비참한 일 아니겠니? 만약 우리가 매일같이 복권을 사서 아무 희망 없이 그것만 바라보고 산다고 생각해 봐."

뭐라 반박하고 싶었지만 소연이는 딱히 할 얘기가 없었다. 진석이는 나이답지 않게 아는 것도 많았고 세상을 바라보는 눈은 매섭기 그지없었다.

"물론 요즘도 사는 게 힘들기는 마찬가지지만 전반적으로 국민 전체가 웬만큼은 살잖아. 여자들이 할 일도 많아지고. 게다가 정 힘들면 나라에서도 도와주잖아. 그런데 일제 강점기에는 착취당하기만 했지, 그런 제도는 전혀 없었지."

"하지만 읽고 나면 가슴이 먹먹해지는 작품이야."

"그래 어쩌면 작가가 그걸 노린 걸지도 몰라. 슬픔 속에서 분노를 생각해 내라고. 나는 이게 모순된다고 생각하지 않아. 이런 게 바로 문학이야. 모순을 담고 있는 것, 슬픈데 화가 나는 것, 기쁜데 슬픈 것. 이런 것들을 한데 담아야지. 그렇지 않으면 훌륭한 작품이 나올 수 없어."

"그럼 네가 쓴 '고양이의 고양이'도 그렇다는 거야?"

"맞아. 사람들은 그게 반려동물인 고양이라고 생각했지만, 사실 고양이의 입장에서는 우리 같은 사람을 반려동물로 보고 있을지 모르잖아. 내가 거기까지 생각하게 된 건 행운이었어. 사람들은 귀엽다는 이유로 동물을 기르지만 그 안에는 한 생명을 죽이고 살릴 수도 있는 결코 가볍지 않은 문제가 공존해. 우리 삶은 단편적으로 볼 수 없어. 인력거꾼이 굶어죽어서 슬프다고 할 게 아니라 이 이야기가 소연이는 왜 슬픈지를 들여다봐야 한다고 생각해. 슬픔 속에 분노가 있다고 나는 생각해."

소연이는 진석이의 이야기에 무참하게 깨지는 심정이었다. 그저 이야기를 잘 지어내고 플롯에 맞춰 정리만 잘하면 소설이 되는 줄 알았는데 그게 아니었다. 소연이는 진석이 같은 아이야말로 청소년 문학상을 받을 만하다는 생각이 들었다.

"미안, 내가 너무 말이 많았다."

"아니야."

소연이는 더 이상 할 말이 없었다. 같은 고등학생인데 이렇게나 생각의 깊이가 다르다는 게 믿기지 않았다.

"작년 청소년 문학상 본심에 올라왔던 작품, 네가 쓴 거 맞지?"

갑자기 진석이가 화제를 바꿨다.

"어떻게 알았어?"

"공모전 작품집에 실린 거 다 읽었거든. 가작까지 다 읽었는데, 네 작품도 기억나."

"정말?"

"그래. 다른 아이들처럼 판타지 비슷하게 썼지만 그 안에 알 수 없는 슬픔이 보이더라. 왜 이런 슬픔을 담고 있을까? 궁금했었는데 네가 우리 학교에 전학 올지는 정말 몰랐지."

"그랬구나."

의외였다. 진석이가 자신의 존재를 알고 있었다니 소연이는 반가운 한편 두렵다는 생각이 들었다.

"작품 쓰면 또 보여 줘. 수필도 사실은 좋았어. 수필이라는 게 붓 가는 대로 쓰는 거잖아. 물론 그게 더 어렵지만. 우리 아빠가 그러시는데 붓 가는 대로 쓰는 게 정말 어려운 거래."

"왜?"

"식당 손님이 '얼마예요?'하고 물어보는데 주인이 '되는 대로 주세요.' 그럼 얼마나 어려워? 되는대로 달라는 게, 돈을 받는 사람도 만족해야 하고 돈을 주는 사람의 주머니 사정도 생각해야 하잖아. 딱 그만큼만 줄 수 있다면 정말 좋겠지. 난 수필이 그런 글이라고 생각해. 되는대로 쓴 거 같기도 하고 누구나 부담 없이 읽지만 읽고 나면 여운이 남는."

"놀라워."

"뭐가?"

"네 말이 꼭 교수님 말씀 같아."

"미안. 너도 들었구나. 우리 아빠가 교수님이긴 하지만 문학 얘기는 잘 안 해."

얘기를 전혀 안 한다면서 어떻게 이렇게 해박할 수 있는지 소연이는 새삼 놀라웠다.

"우리 집에 아빠가 보는 책들이 있는데 어깨 너머로 좀 봤을 뿐이야."

"그렇구나."

이야기를 하는 동안 어느새 교문 앞까지 다다르자 진석이가 먼저 말했다.

"난 왼쪽으로 가. 잘 가라. 내일 보자."

"으응."

진석이는 인사를 마치기가 무섭게 휘적휘적 멀어졌다.

소연이는 교문 앞에서 그 뒷모습을 물끄러미 지켜보았다. 생각보다 넓은 진석이의 어깨가 남자아이라는 사실을 다시 한 번 상기시켰다. 왠지 쉽게 눈을 뗄 수 없었다. 소연이는 그렇게 한참 동안을 우두커니 서 있었다. 아주 짧은 순간이었지만 마치 꿈을 꾼 것 같았다.

"휴."

소연이는 짧은 한숨을 토해 내고 천천히 집으로 향했다.

"어머!"

소연이는 깜짝 놀랐다. 담벼락에 기대 서 있던 문태식과 눈이 마주친 순간이었다. 예상치 못한 곳에서 갑자기 마주친 문태식의 존재가 소연이의 머릿속을 하얗게 만들었다.

"네가 생각해 본다는 게 저놈 때문이었어?"

태식이의 말투가 갑자기 어색한 서울말로 바뀌어 있었다. 그제야 소연이는 아침에 받은 쪽지 내용이 떠올랐다.

"아, 아니. 진석이는 그냥 같은 문예부라서 작품 얘기 나눈 거였어."

"작품 얘기? 허! 재수 없게 글 쓴다는 핑계로 연애질하는 거잖아."

"아니야, 왜 그래?"

소연이는 어찌나 당황스러운지 등에서 식은땀이 흘렀다.

"니, 내랑 사귀는 거 생각해 본다고 하드만, 고작 점마 때문에 답을 안 한 기가?"

"그렇지 않아. 지금 나한테는 공부하고 글 쓰는 게 제일 중요해. 우리 엄마도 그렇게 얘기했고. 아무튼 누구를 사귈 때가 아니야. 사귈 수도 없고."

"미경이 그년은 내가 진작에 손봐 놨다. 더 이상 니 따시키지 말라고. 그러니까 내랑 만나자. 싫다고 하기만 해봐라. 그라믄 니가 점마 좋아하는 걸로 생각할 끼다."

또다시 양날의 칼을 들이미는 태식이였다.

"아니야. 그렇지 않아. 나 바빠서 집에 갈래."

어떻게든 이 순간을 모면하고 싶었던 소연이는 태식이를 피해 집 쪽으로 걸음을 재촉했다. 태식이 치밀어 오르는 분노를 삭이지 못하고 소리쳤다.

"진석이 저 새끼, 내가 꼭 깐다!"

소연이의 귓가에 태식이의 목소리가 계속 메아리쳐 들렸다.

5장 시화전

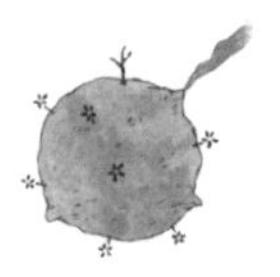

소연이는 자작시 두 편과 수필을 넣어 만든 패널 두 개를 양손에 나눠 들고 박선주 선생님을 찾아갔다. 그리고 조심스러운 손길로 패널을 들어 보였다.

"선생님, 어느 게 더 나을까요?"

소연이는 반응이 궁금했다. 혹시나 별 반응이 없으면 어쩌나 걱정하면서 소연이의 가슴은 쉴 새 없이 두근거렸다.

"어머, 소연이는 그림을 잘 그리는구나."

"네? 그, 그림이요?"

의외였다. 글에 대한 평가를 부탁했는데 그림 얘기를 먼저 들을 줄은 몰랐기 때문이었다.

"선생님, 그건 좀."

"아! 미안, 미안. 딴 애들은 미술부에게 도움을 받았는데 넌 이걸 혼자서 다 했단 말이지?"

"네."

선생님한테 그림으로 칭찬을 받다니 소연이는 어리둥절했다. 글 내용에 어울리는 그림으로 무엇이 좋을지 한참을 고민했지만 미술부에 친한 사람이 없어서 누군가에게 부탁할 수도 없었다. 차라리 직접 그리는 편이 나을 것 같았다. 그렇게 마음먹자 마음도 한결 편해졌다. 소연이는 글에 어울리는 배경을 구상하고 바탕색을 먼저 칠한 뒤 자잘한 꽃무늬들을 새겨 넣었다. 꽃무늬 하나하나를 새겨 넣을 때마다 소연이는 마음이 맑아지고 단순해지는 것을 느꼈다. 이 배경 그림을 위해 소연이는 거의 일주일 동안 매일 두어 시간씩 쪼그리고 앉아 꽃을 그려 넣었다. 소연이에게는 치유의 시간이었다. 단순한 반복 작업은 사람을 건강하게 만들었다. 사실 소연이는 시나 수필을 쓰는 것보다 그림 그리는 시간이 훨씬 좋았다.

"소연이는 소설가를 꿈꾸니까 이왕이면 수필을 전시하는 게 어떻겠니?"

소연이는 시 패널을 내려놓았다.

"네. 그럴게요."

"분량이 많으니까 소연이 작품은 되도록 환한 곳에 놓

자. 그리고 아이들이 한참 서서 읽어야 하니까 앞에다 의자를 놓으면 어떨까?"

"의자요?"

"그래 의자에 앉아서 읽는 거지."

발상의 전환이었다. 박선주 선생님한테 저런 발랄함이 있었다니. 소연이가 미처 몰랐던 모습이었다.

"아, 알았어요. 의자 한번 찾아볼게요."

이젤에 작품을 내려놓고 소연이는 의자를 찾아 방송실로 들어갔다. 보통 강당 옆에는 방송 기자재나 잡동사니를 보관하는 공간이 있었다. 소연이가 의자를 꺼내려고 하는데 문밖에서 말소리가 들렸다. 아이들이 자신에 대한 이야기를 나누고 있었다.

"쟤, 억수로 재수 없지 않나? 시화전에 지 혼자 수필을 내 삐고 말이야."

"그러니까 말이야. 선생님은 도대체 쟤가 뭐 예쁘다고 봐주는 거고."

문예부 아이들이었는데 말소리만 듣고는 누가 누구인지 알 수 없었다. 하지만 자신에 대한 감정이 좋지 않다는 것은 분명히 알 수 있었다. 소연이는 그 자리에 주저앉고 싶었으나 꾹 눌러 참았다.

'저항이 거셀수록 더 큰 반발로 맞서야 한다고 항상 말

씀하셨지.'

김청강 작가가 해 준 이야기가 떠올랐다.

"악인에게 맞서려면 같이 악해져야만 해. 그런데 그건 나를 망치는 지름길이기도 하지. 하지만 부당함에는 저항하는 건 자신을 성장시킨단다."

악해지는 건 경계해야 하지만 옳지 않은 억압에 굴하지 말라는 뜻이었다. 부당함에 굴할 수 없다고 생각하며 소연이는 문을 열고 나갔다. 소연이가 아무 일도 없다는 듯이 고개를 빳빳이 세우고 의자를 든 채 나타나자 아이들은 깜짝 놀라 입을 다물었다.

"너희들, 나한테 할 말 있으면 당당하게 내 앞에서 해줘. 뒤에서 소곤대지 말고."

소연이의 당당한 태도에 두 아이는 미안하다는 말도 제대로 하지 못하고 황급히 달려갔다.

울음이 터지려는 걸 애써 참으며 소연이는 먼지 쌓인 의자를 정성껏 닦았다. 그러면서 이곳에 앉아 자신의 글을 읽어 줄 누군가를 생각했다. 틈새 하나하나 닦다 보니 물티슈를 열 장 가까이 쓰고 나서야 비로소 의자가 제 빛깔을 찾았다. 소연이는 깨끗해진 의자에 앉아 자신이 쓴 수필 작품을 바라보았다. 마치 글자들이 말을 거는 것 같았다. 퇴고를 하도 여러 번 해서 나중에는 거의 외울 지경이었다. 그렇게 소연이가 한참을 살펴보고 있는데 박선주 선생님이 말했다.

"자, 다 설치한 사람들은 이쪽에 방명록도 준비하고."

흰 켄트지 여러 장을 벽에 붙였다. 아이들이 시화전을 보고 난 느낌을 글로 남길 수 있는 방명록이었다. 방명록을 쓴 아이들에게는 상을 주기로 했는데 선생님은 내일 아이들의 감상문이 종이 가득 빼곡하게 적혀 있을 거라고 믿는 눈치였다. 선생님이 준비한 스티커를 보고 아이들이 물었다.

"선생님. 스티커는 뭐예요?"

"내일 하나씩 줄 거야. 마음에 드는 작품에 붙이라고."

"인기투표 같은 거예요?"

"그렇지. 인기투표에서 제일 많이 표를 받는 학생에게는 선물이 있지. 짜잔!"

선생님이 내민 것은 은박지로 예쁘게 포장한 몇 개의 봉투들이었다.

"와아, 뭔데요? 뭔데요?"

"비밀이야."

"문상일 거야."

"맞아, 맞아."

"아, 어떻게 알았지?"

선생님은 빙긋 웃었다. 학생한테 줄 수 있는 선물로 제일 만만한 게 문화상품권이었다.

아이들의 질투 어린 시선을 받고 있지만 막상 시화전에 작품을 선보이게 되자 소연이는 살짝 가슴이 설렜다. 서울에서는 해 보지 못한 새로운 경험이었다.

체육관을 나서면서 선생님이 아이들에게 말했다.

"혹시 배고파서 선생님하고 짜장면 먹으러 갈 사람은 모두 손들어."

"저요."

"저요!"

아이들이 앞 다투어 손을 들었다.

"소연이도 갈래?"

선생님이 눈길을 주었지만 소연이는 바로 거절했다.

"아, 아니요. 저는 집에 가서 할 일이 있어요. 죄송해요."

"그래, 그럼 소연이는 잘 가라."

박선주 선생님은 짜장면을 먹겠다는 아이들한테 에워싸인 채 인사를 건넸다.

소연이는 너무 활짝 펴서 슬픈 벚꽃 아래를 터덜터덜 걸어서 내려왔다. 저 멀리 부산 시내 야경이 벚꽃 사이로 반짝였다. 마치 하늘에서 내려온 별들이 벚꽃들과 뒤엉킨 것 같았다. 집에 오는 내내 그 모습에 취해 있던 소연이는 벚꽃에 대한 감상을 끼적이지 않을 수 없었다.

반지하방 일기 5

벚꽃

벚꽃의 슬픔은 무엇일까?
아마 한꺼번에 지기 때문이리라.

갑작스럽고 한꺼번에 일어나는 일 때문에
사람들은 충격을 받는다.
사고로 사람이 죽었을 때 받는 충격이
더 큰 이유는 그 사람과의 단절 때문이리라.
인간과 인간관계는 계산하지 못한
해결하지 못한 숙제와 같다.
언젠가는 풀어야 한다고 고이고이
간직해 둔 것들이었는데
죽음으로 인해 갑자기 단절되면
그 숙제는 어디에서 풀 것인가.

어쩌면 그런 이유로 해원굿이 있는지도 모른다.
원망을 푼다는데 사실 죽은 사람의 원망이 아니라
산 사람들의 원망을 푸는 게 아닐까.

벚꽃이 주는 슬픔은 바로 이렇게
어느 순간 갑자기 모두 다 사라져 버린다는 것이다.
그것도 거짓말처럼.

다음 날은 축제 기간이어서 수업이 없었지만 소연이는 여느 때처럼 집을 나섰다. 학교에 가서 시화전에 출품한 작품 소개도 하고 이야기도 나누어야 했다. 박선주 선생님은 오전 두 시간만이라도 관람하러 온 아이들에게 자신의 작품을 소개하거나 사진을 함께 찍으라고 주문했다.

"과거에 작가들은 독자들을 만날 기회가 많지 않았지. 왜냐하면 신비주의가 먹혔거든. 그렇게 작품으로만 독자를 만났는데 요즘은 세상이 변했잖니. 작가와 소통할 줄 아는 독자, 독자와 함께 대화할 줄 아는 작가, 바로 이런 사람들이 세상을 이끄는 시절이야."

"맞아요. 선생님, 요즘은 방송도 양방향이에요."

"그렇지. 옛날처럼 프로그램을 일방적으로 보여 주는 데서 탈피해야 해. 요즘 유튜브를 보면 방송 중에도 시청자가 원하는 걸 즉석에서 하거나 실시간으로 대화를 주고받잖니. 내가 스티커를 붙이라고 하는 것도 다 그런 이유 때문이지."

문예부실에 아침 일찍 도착한 아이들은 선생님이 오기를 기다렸다. 잠시 후 멋진 정장을 입은 선생님이 나타났다.

"와! 멋있어요."

마지막으로 깔끔하게 교복을 다려 입은 진석이까지 나타나자 문예부 아이들은 자연스럽게 어울려 체육관으로 향했다.

체육관 문을 열자 퀴퀴한 냄새가 아이들을 맞았다. 벽마다 장식된 형형색색의 풍선과 색색의 리본들이 눈길을 끌었다. 조화 치고는 제법 화사하게 꾸민 화단까지 축제 분위기를 한층 북돋웠다. 강당 전체에 불이 들어오자 동아리마다 제각기 꾸며 놓은 설치물들이 기지개를 켜는 것만 같았다. 체육관에는 시화전뿐만이 아니라 다른 동아리에서 운영하는 체험 부스들이 있었다. 제일 먼저 도착한 문예부를 따라 다른 동아리 부원들이 왁자지껄 떠들면서 들어왔다. 소연이는 뒤늦게 다른 무리에 섞여 들어오다 순간적으로 낯선 분위기를 감지했다. 앞서간 아이들이 모두 소연이를 바라보고 있었다. 소연이는 본능적으로 뭔가 잘못되었다는 것을 알았다.

"무, 무슨 일이야?"

"소연아. 저 저기."

소연이의 작품에 붉은 스프레이가 뿌려져 있었다. 등골이 오싹한 기분이었다. 작품 바로 위에 'X' 표시와 함께 손가락 욕이 그려져 있었다. 게다가 커터 칼로 마구 긁어 놓기까지 해서 보수가 아예 불가능한 상태였다.

"어머! 어떡해!"

"큰일이야! 누가 이랬지?"

놀란 아이들은 마구 웅성거렸다. 소연이는 온몸의 피가 발밑으로 빠져나가는 것만 같았다. 감상평을 붙여 놓는 하얀 벽에는 붉은 스프레이로 휘갈겨 쓴 흔적이 남아 있었다.

'죽어!'

예기치 못한 상황에 박선주 선생님도 크게 당황하는 모습이었다.

"어머, 누가 이랬니? 어떻게 된 일이야?"

소연이는 머리가 싸해졌다.

"괘, 괜찮아요. 선생님."

"일단 소연이는 의자에 앉아라."

소연이는 다리가 후들거려 앉을 수밖에 없었다.

"너희들, 누가 이렇게 했는지 아니?"

"아니요, 모르는데요. 어제 저희는 선생님하고 짜장면

먹으러 갔잖아요."

"분명히 문을 잠갔는데."

그러나 크게 의미가 없었다. 그 이후로도 밤늦은 시간까지 다른 동아리 아이들이 축제 준비를 하고 있었다.

"자, 일단 소연이 작품은 치워 놓자. 행사는 진행해야 하니까."

그때 진석이가 말했다.

"선생님, 소연이 작품은 어떻게 하죠?"

"글쎄."

선생님이 미처 대답을 못 하고 있는데, 진석이가 다가와 물었다.

"소연아, 너 저번에 시도 썼잖아. 혹시 지금 있어?"

순간 교실에 남겨 둔 패널 하나가 생각났다.

"시 패널이 하나 더 있긴 해."

"그래? 정말이니?"

소연이는 힘없이 고개를 끄덕였다.

"그럼 그거라도 가져와. 대신 전시하자."

소연이는 일어서려 했지만 충격 탓인지 몸을 움직일 수 없었다. 무언가 낌새를 챘는지 진석이가 말했다.

"선생님, 패널이 하나 더 있대요. 제가 가져올게요. 소연이 넌 여기 앉아 있어."

진석이는 말릴 틈도 없이 달려갔다. 소연이는 난도질당한 그림을 틀에서 분리했다. 반으로 접고 또 반으로, 또 반으로 접었다. 소연이의 주위에는 아무도 다가오지 못했다. 누구도 말을 걸지 못했다.

"소연아, 누가 이랬는지 선생님이 꼭 찾아낼게."

소연이는 침묵했지만 짐작 가는 곳이 있었다. 잠시 뒤 진석이는 소중하게 안고 온 패널을 소연이에게 건네주었다.

"얘들아, 이 문제는 선생님이 해결할 테니까 너희들은 밝은 얼굴로 시화전 준비하도록 해. 곧 관람객이 들이닥칠 거야. 너희들 뭐하고 있니? 너희 부스로 빨리 돌아가!"

선생님은 구경 삼아 몰려와 있던 다른 동아리 아이들을 헤쳐 놓았다. 소연이는 고개를 들 수가 없었다. 당장 벗어나고만 싶었지만 마음속으로 연신 외쳤다.

'강해져야 돼. 강해져야 돼.'

잠시 후 축제가 시작되면서 안내 방송이 학교 전체에 울려 퍼졌다.

"자, 여러분. 오늘부터 책 축제와 학교 축제가 열립니다. 반별로 정해진 코스대로 이동하시기 바랍니다. 코스를 이탈하는 학생들에게는 벌점을 부과하겠습니다."

이윽고 학생들은 활기찬 표정으로 교내 곳곳을 돌아다니며 축제를 즐기기 시작했다. 풍물패의 신나는 지신밟기를 시작으로 운동장에서는 물 풍선 던지기, 축구공을 차서 번호를 맞히면 선물을 주는 게임 부스가 열렸다. 시화전이 열리는 체육관에서는 각종 행사가 함께 열렸다. 시화전을 감상하는 내내 시끄럽게 굴던 몇몇 아이들을 제외하면 차분히 꼼꼼하게 읽고 돌아가는 아이들이 대부분이었다.

작품 옆에 서 있기만 했지 소연이의 마음은 전혀 다른 장소에 가 있었다. 어서 끝났으면 하는 마음뿐이었다. 이제 두 시간만 버티면 문예부도 다른 축제 프로그램에 참여할 수 있었지만, 소연이는 그대로 보건실에 가서 쉬고 싶다는 생각밖에 들지 않았다.

진석이는 수시로 와서 소연이의 눈치를 살폈다.

"괜찮아, 소연아?"

"응, 괜찮아."

"그래. 암튼 다행이다. 두 개 만들어 놓길 정말 잘했어. 이런 걸 두고 우리가 플랜 B라고 하잖아."

"고마워."

"고맙긴. 누가 이런 못된 짓을 했는지 선생님이 반드시 찾아내실 거야."

그 순간 한 무리의 아이들이 다가오는데 소연이는 저만치에서 누군가가 자신을 바라보는 것을 느꼈다. 고개를 들어 보니 문태식이었다. 아무 말도 하지 않고 문태식은 소연이를 위아래로 훑었다. 문태식을 따라다니는 일진들이 저만치에서 건들거리며 쳐다보는 게 느껴졌다. 소연이는 문태식과 눈을 마주치지 않으려고 애를 썼다. 그때 《수레바퀴 아래에서》의 한 장면이 떠올랐다.

> 밤새도록 수치와 고통과 분노에 싸여 잠을 이루지 못했다. 친구 하일너에게는 이 사건을 비밀에 붙이기로 작정했다. 이때부터 한스는 독한 마음을 먹고 주위와의 모든 관계를 끊어 버렸다. 같은 방의 동료들과도 거의 말 한 마디 나누지 않았다.

마치 스무 시간처럼 느껴지던 두 시간이 지나고 시화전이 끝났다. 다른 작품들에는 스티커가 많이 붙었지만 소연이의 작품에는 달랑 두 개가 붙어 있었다. 소연이는 작품들을 그대로 두고 머리를 식힐 겸 밖으로 나왔다. 이제부터는 각자 자유롭게 돌아다니면서 즐길 시간이었지만 소연이는 교실로 돌아와 책상에 머리를 묻었다. 한참 상념에 빠져 있는데 누군가 다가오는 기척을 느꼈다. 고개를 드니 윤주였다. 소연이는 윤주와 눈이 마주치자 외면해 버렸다. 아무런 말도 하기 싫었다. 아니, 소연이는 다른 사람의 입에서 이 사건이 언급되는 것조차 싫었다. 어서 축제가 끝났으면 좋겠다는 마음뿐이었다.

"소문 들었나? 태식이가 니 좋아하제? 지금 미경이 난리 났데이. 지랑 같은 일진이면서 왜 소연이 같은 아를 좋아하냐고."

"미경이가 태식이 좋아하니?"

"아니. 가는 진석이를 좋아하지. 그라면서 태식이가 니 좋아하는 거 방해하는 거다. 놀부 심보 아니긋나."

소연이는 두 사람 다 자기에게서 떨어져 나갔으면 좋겠다고 생각했다.

"왜 다들 나한테 이러는지 모르겠어. 나는 그냥 글이나 쓰면서 조용히 생활하고 싶은데."

그날 축제가 끝나고 담임선생님이 소연이를 불렀다. 박력 넘치는 모습이 체육 선생님다웠다.

"누가 스프레이를 뿌렸는지 CCTV를 다 확인해 봤는데 어떤 아이인지 알 수가 없더라."

"네? 왜요?"

"학교 후드티를 뒤집어쓴 여학생이라는 것만 확인했어. 하지만 반드시 잡아낼 거야. 어떤 녀석이 그런 짓을 했는지 따끔히 혼을 내줄 거란다."

이학수 선생님은 정의로운 사람이었다.

"이번 일은 절대로 그냥 넘어갈 수는 없다. 그러니 소연이 너도 마음 단단히 먹어."

"네, 선생님."

종례를 마치고 집에 가는 길에 마주친 벚꽃은 서서히 지고 있었다. 한 점, 두 점…… 흩어져 내리기 시작하는 벚꽃을 보며 소연이는 마냥 울고 싶었다.

마음 붙일 곳이 없던 소연이는 영도를 향해서 발걸음을 옮겼다. 영도 바닷가에 가면 마주치는 삶이 있었다. 다닥다닥 붙어 있던 배들은 모두 조업을 나갔는지 좁디좁은 바다가 깨끗하게 비워져 있었다. 밥때가 지나서 그런지 외삼촌과 엄마는 한쪽에 앉아 텔레비전을 보며 쉬고 있었다.

"우리 딸 왔어?"

"네."

"배고파?"

"아니에요. 그냥 바람 쐬러 왔어."

외삼촌이 말했다.

"그래. 앞으로 몇 번이나 더 올 수 있을지 모르겠다."

알쏭달쏭한 말이었다.

"엄마, 무슨 말이야?"

"응, 장사가 너무 안 돼서 가게 문을 닫아야 할 것 같아."

"왜?"

"가게 월세를 올려 달라고 하는데 경기가 워낙 안 좋아.

조선소가 문을 닫는대. 여기 오는 손님들 대부분이 조선소에서 일하는 사람들인데 그렇게 되면 우리 식당도 타격이 클 것 같아."

소연이는 무슨 말을 해야 할지 몰랐다. 그러자 외삼촌이 나섰다.

"걱정 마라. 소연아, 엄마 일할 데가 어디 하나도 없겠니? 외삼촌이 아는 식당들에다가 말해 놨어."

"저, 정말이에요?"

"그래."

"어쨌든 지금보다 장사를 잘하면 되잖아요."

"내가 이곳에서 10년 넘게 했는데 어떻게 더 잘해? 내가 할 줄 아는 거라고는 회 써는 거랑 숙성 회로 맛있게 요리하는 법밖에 모르는데."

"젊은 사람들이 많이 오면 되잖아요. 거제도가 망했다고 부산까지 망해요?"

"글쎄, 경기라는 게 좋을 때도 있고 나쁠 때도 있지만 우리 같은 자영업은 그런 영향을 워낙 직접적으로 받으니까. 주변의 큰 기업이 망하면 우리도 어쩔 수가 없단다."

"요즘 SNS 홍보도 많이 하던데 왜 그러세요?"

"외삼촌이 그런 걸 어떻게 알겠니? 이런 허름한 횟집에 누가 일부러 찾아오겠니?"

정말 어딜 가도 마음 붙일 곳이 하나도 없다는 생각이 들었다. 소연이에게는 바닷가의 봄바람까지도 칼바람처럼 느껴지는 하루였다.

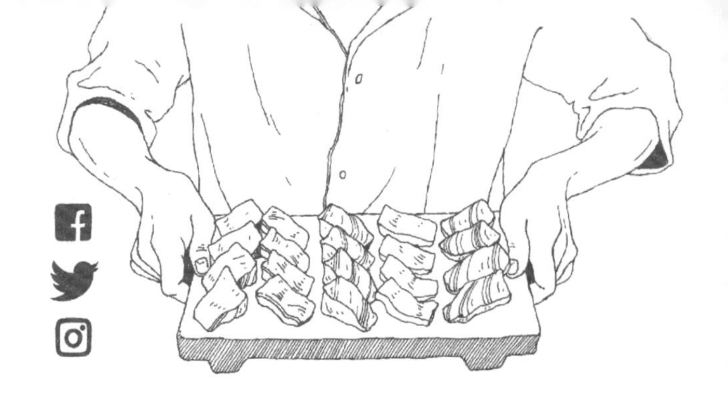

6장 SNS 특강

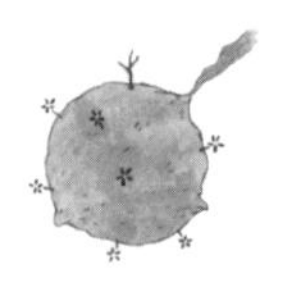

월요일 저녁 외삼촌 집에 모였다. 소연이와 엄마, 그리고 외삼촌과 외숙모까지 모인 자리였다.

며칠 전 우체국에 가서 공모전 소설을 우편으로 부치고 돌아온 소연이는 집에 있는 엄마를 보고 깜짝 놀랐다.

"아니, 엄마. 가게에는 왜 안 가고?"

"어, 오늘 외삼촌이 가게 주인 만난다고 대구에 가셨어."

"가게 주인이 대구에 살아?"

"응, 가게 주인이 잠깐 보재서. 가게를 계속할지, 그럼 월세를 어떻게 할지 외삼촌이 담판을 지으러 가셨어."

"무슨 담판?"

"지금 형편에 월세를 올릴 수는 없고, 차라리 보증금을 조금 올리는 쪽이라면 한 1년 더 해 보겠다고 얘기하러 가셨어. 주인은 월세와 보증금을 다 올린다고 했는데, 큰일이다."

엄마는 한숨을 쉬었다.

"외삼촌네 회가 정말 맛있어. 그게 숙성이라며?"

"응. 숙성 회 맛을 아는 사람은 그거만 찾아. 우리나라 사람들이 대마도에 낚시하러 가서 거기서 잡은 물고기를 여기 와서 먹으면 더 맛있다고 하거든. 오는 동안 숙성해서 그런 거야."

"그렇구나. 그런데 숙성 회가 그렇게 맛있는데 왜 안 알려?"

"알리다니?"

엄마는 뜨악한 얼굴이었다.

"횟집은 단골들이 찾아오는 거지. 무슨 학원처럼 전단지 뿌린다고 더 많이 오는 게 아냐."

하지만 단골들은 이미 직장을 잃고 주머니가 가벼워져서 전처럼 못 오고 있었다. 마냥 손 놓고 기다릴 수는 없었다.

"엄마, 조선소는 이미 망했다며? 단골들이 안 오는데 어떻게 해. 지금이라도 새로운 길을 찾아봐야지."

"무슨 새로운 길?"

"서울에서는 이름 없는 작은 동네에 가게를 차려도 SNS

로 홍보를 하면 대박이 난대."

"그렇지만 우리가 그런 걸 어떻게 해? 방법이 없잖아. 여기가 서울도 아니고."

그 말은 맞는 말이었다. 외삼촌도 그렇고 엄마도 그렇고 핸드폰을 그저 전화기로만 쓰는 사람들이었다.

"엄마, 내가 글을 한번 올려 볼게. 우리 횟집이 맛집이라고 SNS에 올려 볼게."

"네가 그래 주면 좋지. 어쨌든 외삼촌네 가게가 잘됐으면 좋겠다."

그날 소연이는 집에 와서 숙성 회에 대한 정보를 찾아봤다. 활어 회나 숙성 회의 공통점은 모두 살아 있는 생선을 이용한다는 점이었다. 다만 고기를 잡아 바로 썰면 활어 회가 되고, 일식집처럼 손님을 맞기 전에 미리 잡아서 몇 시간 냉장 보관하면 숙성 회가 되었다. 숙성은 생선이 죽은 뒤에 경직되었던 근육이 풀리기까지 기다렸다 먹는 방식이었다. 그렇게 하는 이유는 회에 감칠맛이 생기기 때문이었다.

'그래. 이 맛이었어. 외삼촌네 회는 이런 맛이야. 그래서 맛있어. 회를 숙성하면 더 맛있어진다는 걸 알려야 해. 사람들이 한번만 맛보면 금세 빠져들 텐데. 아는 만큼 보인다고 하잖아.'

소연이는 숙성의 장점을 알리는 것이 외삼촌네 가게의 활로라는 것을 깨닫고 시험 삼아 글을 올려 보기로 마음먹었다.

숙성 없는 회는 가라.

숙성이야말로 미식가의 자존심

숙성된 사람이 좋다. 회도 그렇다.

다양한 제목부터 써 보려고 머리를 굴렸다. 소연이가 가장 먼저 떠올린 것은 회를 먹으러 오는 사람들이었다. 황량한 영도 바닷가에서 바다 내음에 취해 숙성 회를 먹는 기분을 상상해 보려 애를 썼다.

<숙성 회를 아는 자만이 진정한 미식가>

회를 #숙성한다는 말을 아세요?

그동안 저는 신선한 회만 최고인 줄로 알았답니다.

하지만 바로 잡은 회는 씹기도 어렵고

생선회의 진정한 맛을 느낄 수 없어요.

숙성 회가 최고랍니다.

잘 모르셨죠?

숙성에도 여러 종류가 있는데

숙성 정도에 따라 회의 맛이 달라지지요.

부산에서 최고로 맛있는 숙성 회를 하는 곳이 있습니다.

그곳은 바로 우리 외삼촌이 하시는 횟집이에요.

〈#노인과_바다〉

이곳에서 먹어 본 결과 최고의 맛임을 보장합니다.

숙성 회를 드시고픈 분은 #부산에 오셨을 때

꼭 #영도에 들러 주세요.

#바다가_강물처럼 코앞에서 흘러가는 멋진 풍경도 있어요.

횟집 앞에서는 바다낚시를 할 수 있어요.

할 만합니다.

잡은 고기를 가져오시면 즉석에서 회로 떠드립니다.

소연이는 가게와 바다 풍경을 찍은 사진 몇 장을 SNS에 올렸다. 그러자 놀라운 일이 일어났다. 그동안 소연이가 올린 글을 읽고 '좋아요' 한번을 누르지 않던 친구들이 '좋아요'를 누르기 시작했다.

소연아, 부산에 살면서 맛있는 회를 먹고 있구나.

우리 가족이 부산 여행 가게 되면 꼭 들를게^^

누나, 포장해서 택배로는 못 보내?

우리 오빠가 부산에 사는데 꼭 가서 먹어 보라고 할게.

주변 친구들이 소연이의 글을 자발적으로 퍼 나르고 공유하기 시작하자 갑자기 낯선 사람들의 친구 신청이 폭주했다. '그렇게 정말 맛이 있나요?' '숙성 회, 저는 처음 들어 봐요.' '전화번호 알려 주세요.' 같은 댓글들이 달렸다.

정말 놀라운 반응이었다. 소연이는 SNS의 위력을 처음으로 실감했다. 그동안 소연이가 한 포스팅은 문학이나 독서에 관한 것들이었다. 또래 아이들이 셀카를 찍어 올리거나 이런저런 장난처럼 찍은 사진들을 올릴 때 소연이는 문학이나 독서에 관한 글들을 올려 왔다. 그래서 더욱 흥분되고 설렜다.

현실에서의 반응은 며칠 뒤부터 나타나기 시작했다. 하루에 적게는 한두 명씩 새로운 손님들이 찾아왔다. 놀란 외삼촌이 전화를 걸어왔다.

"소연아, 손님들이 오늘도 가게에 와서 네 얘길 하더라."

"네? 왜요?"

"네가 얘기한 숙성 회를 맛보러 왔다고 해서 내가 서비스도 많이 했지."

"정말이에요?"

"응, 자기네 동호회가 있대. 다음에는 동호회 사람들이랑 함께 오겠대."

외삼촌은 가게 주인과 원만하게 타협을 했다. 보증금을 천만 원 올려 주고 가게를 6개월만 더 해 보기로. 대책이 있어서가 아니라 다른 할 일이 없었기 때문이었다.

"외삼촌, 정말 잘되었어요."

"야, 이게 뭐 이런 일이 다 있냐?"

조선소의 노동자들을 상대로 그저 거칠지만 정직하게 회를 썰어 팔던 외삼촌이었다. 그런데 SNS에 회 사진들과 함께 외삼촌의 실력을 칭송하는 글들이 올라왔다.

소연 양의 맛깔난 글 덕분에 맛있는 숙성 회를 먹었어요._쓰리맘

주인장 인심이 얼마나 좋던지 배 터지게 먹었답니다.
그러고도 가격은 고작 오 만원, 대박!_찌그러진 깡통

소연이는 가슴이 뛰기 시작했다. 어쩌면 이게 돌파구가 될지도 모른다는 생각이 들었고 급기야 가족 모두가 SNS 홍보에 사활을 걸어 보기로 결심한 것이었다. 그사이 소연이는 SNS 활용법을 좀 더 공부해 두었다.

가족 교육이 있던 날, 외삼촌은 떡 하니 화이트보드까지 사다 놓았다.

"자, 우리한테 소중한 가르침을 주러 온 예비 작가님, 이 보드에 쓰면서 말씀하세요."

부산에 이사 와서 여태 한 번도 웃을 일이 없던 소연이가 키득거렸다. 엄마와 외삼촌, 그리고 외숙모의 눈이 반짝였다. 소연이 무슨 말을 하려나 궁금했던 것이다. 소연이는 자신이 아는 선에서 SNS의 활용도를 이야기하기 시작했다.

"외삼촌, 외숙모 그리고 엄마. 잘 아시겠지만 지금은 바야흐로 소셜 미디어의 시대잖아요. 이 SNS에는 우리가 모르는 플랫폼이 아주 많아요."

소연이는 자기가 알고 있거나 친구들 사이에서 유행하는 SNS 종류를 보드에 적으면서 일일이 설명했다. 페이스북, 인스타그램, 카카오스토리, 카톡, 밴드, 블로그, 홈페이지 까지.

"그런데 이것들을 하나도 빠짐없이 전부 하는 사람은 별로 없어요. 취미나 취향에 따라 적성에 맞는 걸로 골라서 하거든요. 외숙모는 카스 하시지요?"

"응. 나는 주로 카스를 하지. 동창들과 밴드도 하고. 너희 엄마랑도 같이 하잖아?"

"그래요. 엄마들은 보통 카스를 하지요. 외삼촌은 아무 것도 안 하시죠?"

"야, 나는 문자랑 톡만 하지."

"그러니까요. 이제 핸드폰은 손안의 컴퓨터나 마찬가지예요. 핸드폰으로 온라인에 글을 올리고 자기가 하고 싶은 이야기를 하면 그걸 들어 주는 사람들이 있다는 거예요."

소연이는 자기가 아는 대로 설명을 해 주었다.

"그래서 제일 먼저 어떻게 하면 좋겠어?"

외숙모가 물었다.

"먼저 개인 브랜드를 만들어야 해요."

"브랜드?"

"네. 글을 그냥 올리는 게 아니라 목적을 가지고 올려야 해요. 주제가 있어야 하거든요. 횟집에서 무슨 일이 벌어지거나 보여 줄 게 생기면 일단 사진부터 많이 찍으세요. 그 사진에 글을 써서 올리면 그게 바로 콘텐츠가 되거든요. 자, 지금부터 연습해 볼게요."

소연이는 각자 가지고 있는 핸드폰을 꺼내라고 한 뒤 직접 가르쳐 주기 시작했다.

"외삼촌, 브랜드는 뭘로 하면 좋겠어요?"

"글쎄, 나는 뭘 해야 할지 모르겠어. 회에 관해서는 내가 우리나라 1등이고, 회 뜨는 기술만 잘 배우면 어떻게든 먹고살 줄 알았지."

외삼촌은 일본에 가서 오랫동안 스시 장인 밑에서 회를 배워 온 사람이었다. 밑천이 부족해서 작은 식당으로 시작했는데 결국 이렇게 위기를 맞게 된 것이었다.

"외삼촌은 회를 정말 좋아하고 사랑하시는군요. 회에 대한 신념이 강하세요. 그러니까 회가 들어가는 브랜드면 좋겠어요. 회교도 어때요? 회교도."

"회교도? 회를 종교처럼 모신다는 건가?"

"맞아요. 그리고 외삼촌은 턱수염을 기르니까 회교도 털보 주방장 어때요? 이게 좋겠어요."

"털보 주방장?"

"네. 외삼촌은 수염을 더 길러서. 회교도처럼 보이게 하세요."

"회교도면 뭐냐?"

"무슬림이에요."

소연이는 외삼촌에게 사진을 찾아 보여 주며 설명했다.

"옛날에 쌍화점에 회회아비가 나온다고 배웠어요. 고려시대부터 회교도들이 우리나라에 들어와서 장사를 했거든요"

"야, 이거 재밌는데?"

외삼촌은 웃었다.

"회교도 털보 주방장. 이거 너무 좋아요. 한번 들으면 절대 잊을 수 없겠어요."

소연이는 외삼촌의 사진을 다양한 각도에서 찍어 보았다. 언뜻 보면 무슬림처럼 보였다.

"자, 그럼 이제부터 회교도 털보 주방장의 레시피, 뭐 이런 식으로 글을 써서 올리시면 됩니다."

소연이의 코치로 SNS 계정도 만들었다. 지도를 해서 그런지 외삼촌이 끙끙대며 쓴 글들은 제법 읽을 만했다.

우리나라에서 회가 제일 싱싱한 곳은 바로 #부산입니다.

저는 부산에서 10년 넘게 #횟집을 하고 있습니다.

그런데 너무나 속이 상합니다.

사람들은 바로 잡은 물고기만 최고로 맛있다고 생각합니다.

그렇지 않습니다.

회를 #종교처럼 믿고 있는 저는 감히 말씀드립니다.

진짜 맛있는 회는 #숙성 회라고.

여러분! 숙성 회를 한번 맛보고 싶으십니까?

부산의 횟집으로 오이소.

저 #회교도 #털보 주방장이 기다리고 있겠습니다.

외숙모가 기뻐하며 물개 박수를 쳤다.

"어머, 어머! 당신 글재주도 있었어? 아니, 이건 모두 소연이 네 덕분이다."

엄마도 소연이가 자랑스러운지 미소를 지으며 말했다.

"소연아. 너 글 쓴다더니 정말 다르구나."

"별거 아니야. 김청강 선생님의 가르침에 따르면 글은 기승전결로 쓰시면 돼요. 하고 싶은 이야기는 맨 마지막에 하는 거예요. 외삼촌은 마지막에 횟집으로 오라고 하셨잖아요. 외삼촌이 회 뜨는 장면, 이런 거 사진 찍어서 막 올리세요."

외삼촌의 핸드폰에는 회 뜨는 사진이 제법 많이 저장되어 있었다. 회교도답게 특별한 물고기나 큰 물고기가 들어오면 회 뜨는 장면 하나하나까지 다 사진으로 남겨 놓기 때문이었다. 그렇게 소연이는 외삼촌이 직접 글을 올릴 수 있게 세세하게 알려 주었고, 엄마와 숙모가 밴드와 카카오스토리에 글을 올리도록 도와주었다.

"엄마도 엄마만의 브랜드가 필요해."

"소연이 네가 어렸을 때 회를 많이 먹었으면 지금보다 더 키도 크고 예뻤을 텐데."

"맞아! 바로 그거예요."

브레인스토밍 끝에 소연이는 '엄마의 단백질'이란 브랜드를 하나 만들었다.

"아이들에게 건강한 음식을 먹이고 싶어 하는 엄마의 마음을 건드리면 돼요. 엄마가 직접 한번 써 보세요."

저는 고등학생 딸아이를 키우는 엄마입니다.

열심히 키웠는데 한 가지 아쉬운 게 있습니다.

다 자란 우리 딸 키가 많이 아쉽네요.

어렸을 때 조금만 잘 먹였더라면 지금보다 키도 크고 예뻤을 텐데.

#어려서 단백질을 많이 섭취했더라면 얼마나 좋았을까요?

회에는 #단백질이 풍부하고 #칼슘과 #무기질이 많습니다.

지금 제가 일하고 있는 횟집 <#노인과_바다>에서

엄마의 마음으로 여러분을 기다립니다.

온 가족이 오셔서 #맛있는 숙성 회를 드셔 보세요.

제가 정성껏 모시겠습니다.

우리 횟집에 많이 오세요.

#회교도 털보 주방장이 저의 오빠입니다.

제 가족이 먹는다고 생각하고 정성껏 모시겠습니다.

"엄마, 이 글도 아주 좋아."

그날, 외삼촌 집에서 돌아오는 길에 엄마는 소연이를 꼭 끌어안았다.

"소연아, 오늘처럼 네가 자랑스러운 적이 없었어."

"아니야, 엄마."

"네가 글 쓰는 거, 사실 엄마는 탐탁지 않았거든. 엄마는 그전부터 우리 소연이가 공무원 같은 안정적인 직업을 가졌으면 했어. 그런데 엄마도 오늘 처음 알았어. 글이란 게 정말 대단하구나."

"응. 엄마, 우리 한번 열심히 올려 봐요. 장사가 좀 될지도 모르잖아."

"그래. 하루에 한 명씩만이라도 찾아오면 좋겠다."

소연이는 모처럼 효도를 한 것 같아 집에 오는 내내 흐뭇했다.

반지하방 일기 6

오늘은 엄마와 외삼촌 그리고 외숙모에게

SNS와 글쓰기에 대해 알려 드렸다.

모두들 신기해하며 열심히들 배우셨다.

나이 들어서 새로운 것을 받아들이기란 참 쉽지 않은 것 같다.

하지만 어른들도 때때로 생각보다 적극적으로 받아들일 때가 있다.

변화를 거부하는 어른들이 변화할 때는 어떤 때일까?

바로 절박할 때다.

절박함이 사람을 움직인다.

가난, 장애, 피부색 이러한 것들이 사람을 움직이게 한다.

차별을 유도하기 때문이다.

절박함 없는 삶은 어떤 것일까?

편안함은 어떤 것일까?

아! 생각하기 싫다.

복지가 잘되어 있다는 서유럽의 나라들마저 자살률이 높은 걸 보면

삶의 강이 가르는 절박함과 편안함 사이에서 언제나

맞은편을 바라보며 그리워하는 어리석은 동물이 바로 인간인지도

모르겠다.

소연이가 책장을 넘기며 상념의 시간을 보내고 있을 때 문자 알림 소리가 났다. 진석이였다.

소연아, 나 학교 앞에 와 있는데 혹시 지금 나올 수 있어?

초저녁이었지만, 갑작스럽게 나오라는 이야기에 소연이는 당황스러웠다. 잠시 망설이다 결국 만나자고 문자를 보냈다. 아이들의 눈이 두려워서였다.

헌책방 앞 빵집으로 와.

소연이는 옷을 대충 걸쳐 입고 집을 나왔다. 빵집에는

진석이가 이미 와서 기다리고 있었다. 빵과 우유를 주문하고 마주앉자 진석이가 말했다.

"바쁜데 나오라고 한 거 아니야?"

"아니, 괜찮아."

"저번 시화전 사건은 내가 문예부 대표로 사과할게."

"네가 왜?"

"아니, 작품을 잘 관리했어야 하는데 그렇게 하지 못했잖아."

"그건 네 잘못이 아니잖아."

"응. 그리고 문학에 대해 좀 안다고 너무 깝작댔던 것도 미안해."

"왜 이러니? 오늘 무슨 일 있어?"

"아니야. 내가 너무 건방졌어. 서울에서 내려온 지 얼마 안 된 네가 얼마나 힘들지 생각하지 못했어."

"괜찮아."

"그리고 이거 선물로 받아 주면 좋겠다."

진석이가 손에 들고 있는 선물 꾸러미를 건넸다.

"뭔데?"

"뜯어 봐."

포장을 뜯자 책이 나왔다. 《수레바퀴 아래서》였다.

"이걸 왜?"

"윤주한테 얘기 들었어."

자초지종을 들은 모양이었다. 우유 테러를 당해서 멀쩡한 책을 버려야 했다는 사실을.

"나도 좀 읽어 봤는데 네 심정을 알겠더라. 그래서 한 권 더 샀어. 나도 같이 읽어 보려고."

진석이가 가방에서 한 권 더 꺼내는 것을 보고 소연이는 내민 책을 거두어들였다. 안 그래도 주인공의 삶이 어떻게 전개될지 궁금했기 때문이었다.

"알았어. 시의성이 뭔지에 대해서 생각하고 읽어 볼게."

"아니야. 그날 내가 너무 잘난 척했어. 미안해. 그런 생각은 하지 말고 그냥 읽어. 문학 작품은 재미로 읽는 게 중요한 것 같아. 그리고 문예부에 앞으로도 계속 나오면 좋겠어. 사실은 네가 쓴 글이 참 좋았어."

진석이가 먼저 마음을 열고 다가오자 소연이는 가슴 한쪽이 따뜻해지는 것을 느꼈다. 낯선 객지에서 기댈 수 있는 낯익은 무언가가 생긴 것 같았다.

"그런데 문태식이 널 좋아하는 모양이더라."

"그, 그게 무슨 소리야?"

"나한테 경고하던데? 너랑 가까이 하지 말라고."

"난 걔랑 친하지도 않아. 걔가 일방적으로 그러는 거야."

"나도 알아. 너랑은 어울리지 않거든. 아무튼 너한테 내

맘을 숨기고 싶진 않았어.

소연이는 할 말이 없었다. 자신이 태식이와 엮이는 바람에 진석이에게 피해가 가지 않을까 걱정스러웠다.

봄기운이 완연한 저녁이었다. 바람은 훈훈했고 떨어진 벚꽃을 대신해 나무마다 새싹들이 돋아 오르는 중이었다. 새싹들도 아름다웠다.

"내가 읽은 글 가운데 〈신록예찬〉이라고 있어. 거기서 신록이 꽃보다 더 아름답다는데 지금 보면 그게 맞는 말 같기도 해."

"음."

"옛날 교과서에 실린 글이야."

소연이와 진석이는 집에 오는 동안 글과 관련한 이런저런 이야기를 나누었다. 거의 집 근처에 다다랐을 즈음이었다.

"참 문상대학교 공모전에 소설 넣었니?"

"응. 보냈어."

"나도 보냈는데. 잘되길 빈다."

"또 네가 뽑히겠지."

"아니야. 누가 뽑힐지 몰라. 문상대학교는 매년 심사하는 문인을 바꾸거든. 그래서 취향도 다 달라."

"……."

진석이와 헤어져 돌아오면서 소연이는 하늘을 올려다보

았다. 모처럼 미세먼지가 걷힌 말간 하늘에 별들이 반짝였다.

그러나 이 짧은 동안의 신록의 아름다움이야말로 참으로 비할 데가 없다. 초록이 비록 소박(素朴)하고 겸허(謙虛)한 빛이라 할지라도, 이러한 때의 초록은 그의 아름다움에 있어, 어떤 색채에도 뒤서지 아니할 것이다.

7장 헌책방 아저씨

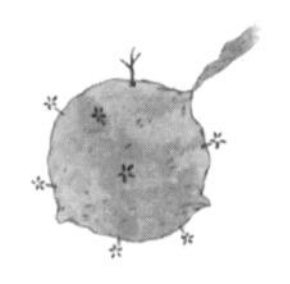

"학생, 커피 한 잔 마실래?"

책을 고르고 있는 소연이에게 헌책방 주인이 물었다

"네? 저, 커피는……."

"학생이라서 커피는 안 마시나?"

"아뇨, 마시는데요. 지금 시간에 마시면 밤에 잠을 못 잘까 봐요."

"어, 그래? 그럼 율무차라도 마셔."

헌책방 주인은 일회용 종이컵에 율무차를 타서 휘휘 저어 소연이에게 건네주었다.

"감사합니다."

소연이는 율무차를 한 모금씩 홀짝이며 서가에 빽빽하

게 꽂힌 헌책들을 훑어보았다.

"요즘 보기 드물게 책을 좋아하는 학생이로군. 전에 사 간 책들은 벌써 다 읽었어?"

"네. 읽고 있기도 하구요. 다 읽은 것도 있어요.

소연이에게 헌책방은 유일한 안식처였다. 낯선 느낌은 잠깐이었고 헌책방 특유의 퀴퀴한 책 냄새와 사방에 꽂힌 수많은 책들이 포근히 감싸 주는 것만 같았다. 이곳에 모인 온갖 책들을 들여다보고 있으면 인간의 다양한 사유를 엿볼 수 있는 전시장에 와 있는 듯했다. 이곳 헌책방이야말로 소연이가 유일하게 마음의 위안을 얻는 곳이었다.

"어, 여기에……."

"김청강 작가의 책을 좋아하는구나."

"네."

김청강 작가의 문하생이었다는 말은 차마 하지 못했다.

"김청강 작가님 책을 내가 옛날에 펴낸 적이 있지."

"저, 정말이요?"

생각지도 않은 말을 듣자 소연이는 깜짝 놀라 고개를 돌렸다. 침침한 형광등은 등지고 서 있는 주인아저씨의 머리 뒤에서 마치 후광처럼 빛이 났다.

"응. 내가 하솔 출판사에 근무할 때."

"무슨 책인데요?"

"음. 《무지개색 꿈》."

"《무지개색 꿈》이요? 그거 재밌는 책인데?"

"그 책을 가장 처음에 편집한 사람이 나였어."

"정말요? 아저씨가요? 그럼 출판사에서 무슨 일을 하셨어요?"

"편집자. 원래 꿈은 작가였지."

"작가요? 어, 제 꿈도 작가인데. 그런데 어쩌다 헌책방을 하게 되셨어요?"

"하하, 꿈이 이루어지면 좋지만 모든 꿈은 대개 이루어지지 않기도 해."

소연이는 자신도 모르게 겉이 군데군데 벗겨진 가죽 소파에 쪼그리고 앉았다. 주인아저씨는 무료하던 차에 잘됐다는 듯이 자신의 이야기를 들려주었다.

"난 원래 책을 좋아하던 아이였어. 아버지가 일찍 돌아가셔서 어머니 혼자서 우리를 키우셨는데……."

혼자된 어머니는 억척스럽게 생활하면서도 아들에게는 책을 사서 건네주었다.

"얘야, 아버지가 안 계시니 너는 앞으로 책을 아버지 삼도록 해라. 내가 해 줄 수 있는 게 이것밖에 없구나."

그때부터 아들은 책에 탐닉하는 소년이 되었다. 힘들고 어렵거나 외로울 때면 책부터 들여다보는 책벌레가 된 것이었다.

"대학을 졸업한 뒤에 첫 직장으로 출판사에 들어갔어. 일단 입사만 하면 책을 실컷 읽을 줄로만 알았지."

하지만 기대와 달리 출판사는 책을 실컷 읽을 수 있는 곳이 아니었다. 작가의 글을 고치고 편집하면서 마케팅 방안도 고민해야 하고, 책 디자인에도 신경 써야 하는 등 자질구레한 일들이 많았다. 사방을 뛰어다니며 해결해야 할 일투성이었다.

"그때 김청강 작가님의 책을 만드신 거예요?"

"그렇지. 우리 출판사가 한창 잘나갈 때 김청강 작가의 책을 내서 베스트셀러를 만들었어."

이쯤 되면 결국 말할 수밖에 없었다.

"김청강 작가님하고 저, 잘 아는 사이예요."

"어, 그래? 나도 옛날부터 작가님을 존경했어. 장애가 있는 데도 불구하고 작품 활동을 그렇게나 열심히 하시는 걸 보면서."

"저는 김청강 작가님한테 글을 배웠어요."

"어, 그래?"

주인아저씨는 다시 한 번 소연이를 쳐다보았다.

"그랬구나. 그럼 작업실에도 가 봤겠네. 수유리에 있는."

"맞아요. 거기서 글쓰기를 배웠어요."

"이런 우연이 다 있나? 아무튼 반갑다."

주인아저씨는 소연이를 향해 환하게 웃었다. 소연이도 부산에서 모처럼 동지를 만난 기분이었다.

"사실 김청강 작가님이 얼마 안 있으면 저희 학교에 강연하러 오세요. 제가 꼭 말씀드릴게요. 아저씨가 여기서 일하신다고."

"아마 기억도 못 하실 거야. 그런 분이 나 같은 편집자를 어디 한두 명만 만났겠니?"

2주 전 일이었다. 쉬는 시간에 박선주 선생님이 서류 파일을 들고 소연이를 찾아왔다.

"소연아, 잠깐만 보자."

"네, 선생님."

소연이가 복도로 나가자 박선주 선생님이 파일을 펼쳐 보여 주었다. 그 안에 결재 서류가 들어 있었는데 '작가와의 만남'이란 글자가 눈에 들어왔다.

"학교에서 작가와의 만남을 해요?"

"그래."

"그런데 이번엔 김청강 작가님을 모실까 하는데 어떻겠니?"

"네?"

소연이는 갑자기 눈물을 글썽거렸다. 이름만 들어도 괜히 눈물이 났다. 지금처럼 외롭고 힘든 시기에 김청강 작가를 만난다는 게 꿈만 같았다.

"이런, 이런. 작가님을 많이 좋아하는구나."

"네."

박선주 선생님은 소연이가 김청강 작가에게서 글을 배웠다는 사실을 이미 들어 알고 있었다.

"그래서 작가님을 좀 모시면 좋겠는데 네가 섭외해 보면 어떻겠니? 물론 내가 할 수도 있지만."

"제가요?"

"그래. 작가님이 적당한 날짜만 골라 주시면 돼. 우리 학교는 이 날짜들이 되거든."

선생님은 금요일 오후만 된다며 후보 날짜들을 말해 주었다.

"제가 수업 마치고 연락드려 볼게요."

"그래 고맙다. 일단 수락 여부만 확정되면 자세한 건 선생님이 통화할게. 사실 나도 김청강 작가님과 통화하려니까 좀 설레서 그래."

"호호, 그렇다는 분들이 많아요."

소연이가 김청강 작가와 통화한다고 하면 다들 마치 연예인을 보듯 신기해했다. 하지만 항상 만나서 대화를 나누고 글을 배웠던 소연이의 입장에서 보면 오히려 그런 모습이 신기했다.

그날 오후 소연이는 김청강 작가에게 전화를 걸었다.

"선생님, 안녕하세요? 저희 학교에서 작가와의 만남 행사를 하는데요, 선생님을 모시고 싶대요. 그래서 전화드렸어요."

"어, 이런. 소연이 네가 전화를 다 하고. 아무튼 반갑다. 그래, 당연히 가야지. 날짜만 맞으면."

"선생님, 잘 지내시죠?"

"잘 있어. 새로운 제자들도 들어왔고, 지금은 새 작품 쓰느라고 정신이 없지만 언제 한번 부산에 바람 쐬러 가지, 뭐."

"고맙습니다."

김청강 작가는 독자들로부터 강연 요청을 자주 받았다. 김청강 작가의 작업실에서 소연이가 글을 쓰고 있을 때면 이메일이나 문자로 강연 요청이 꾸준히 들어왔다.

김청강 작가님.
우리 학교에 한번 꼭 와 주세요.

그럴 때마다 김청강 작가는 알겠다며 담당 선생님에게

연락하라고 하면서 자신의 전화번호를 알려주곤 했다. 소연이는 문득 궁금했다.

"선생님, 작품 쓸 시간도 없이 바쁘신데 강연을 왜 이렇게 많이 다니세요?"

"아하, 소연이는 그런 게 궁금했구나."

김청강 작가는 자신이 강연을 많이 다니는 이유를 이렇게 설명했다.

인간과 인간 사이의 소통 방법에는 여러 가지가 있지만, 최근 가장 득세하고 있는 게 문자인데 그렇게 문자로 주고받는 방식은 직접 대면하는 것에 비해 감명이나 임팩트가 떨어진다. 물론 상형문자, 쐐기문자 등이 생겨나면서 인간이 기록을 시작한 덕분에 인류 문명이 어마어마한 금자탑을 쌓긴 했지만.

"책을 읽거나 글로 만나는 효과가 1이라면 직접 만나서 이야기 듣는 건 100이야. 내게 사람 하나가 온다는 건 그 사람의 역사가 함께 온다는 뜻이기도 하지."

"와! 멋진 말이에요."

"내가 한 말은 아니고 세간에 떠돌아다니는 말이야. 생각해 봐라. 소연이 너도 15년 넘게 세상을 살아왔잖니. 그 역사가 얼마나 장구하겠어. 네가 여태 살아온 10년을 매일 A4 용지 한 장씩만 기록했어도 3,650장이야. 어마어마한

역사지."

"아, 정말 그러네요."

"그래서 강연 요청이 오면 아이들을 직접 만나러 다니는 거야. 어쨌든 작가를 만나면 없던 관심도 생기고 책도 읽지 않겠니? 물론 다 그런 건 아니겠지만."

그래서 김청강 작가는 종종 소연이와의 약속을 미루거나 변경하기도 했다. 급작스럽게 수업 강연이 잡힐 때 그런 일이 생기곤 했다. 소연이는 박선주 선생님에게 섭외에 성공했고 직접 통화하면 된다는 문자를 보냈다.

선생님, 김청강 작가님이 와 주신대요.
이제 직접 전화하셔서 구체적인 거 여쭤보세요.

어머! 알았다. 알았어.
고마워. 수고 많았어.

그 이야기를 들은 헌책방 아저씨가 말했다.

"허허, 나도 그 강연 한번 들으러 가고 싶은데 가게 문을 닫을 수가 없구나."

"그러게요. 오시면 좋은데. 아예 닫고 오시면 안 돼요?"

"그건 좀 곤란해."

"왜요?"

"우리 가게는 아침 10시부터 저녁 9시까지 여는데, 이 부근에 살면서 책을 좋아하는 사람들이 다 알고 있지. 그 시간은 그 사람들과 한 무언의 약속이나 마찬가지야."

아저씨 말에 따르면 카페와 식당은 공공재로서 언제든지 누구나 부담 없이 이용할 수 있는 곳이어야 하는데, 가끔 예고 없이 문을 닫는 가게들이 있다고 했다. 아무리 개인 사정이지만 그렇게 문을 닫는 경우 손님과의 신뢰가 흔들리게 된다는 것이다. 어쩌다 하루, 급한 일이 있어 닫는다고 생각할 수 있지만 그로 인해 손님이 약속 장소를 바꾸는 등의 번거로움을 경험하게 되면 그 가게에 대한 신뢰는 떨어질 수밖에 없고 결국 폐업의 길을 걷게 될 수도 있다고 했다.

"저, 정말요?"

"그럼. 우리 옆에 있는 헌책방들도 가끔 문을 닫는데 늦게 열거나 일찍 닫으면 손님들이 여기로 와. 와서 하는 얘기가 거기서 사람을 만나기로 했는데 못 만나게 됐다든가 꼭 봐야 할 책이 있었는데 문을 닫는 바람에 볼 수 없게 되었다는 거야. 그리고 그분들은 결국 우리 가게 단골이 된단다. 내가 여기서 문 닫는 헌책방 여러 개 봤단다."

"아, 그렇군요. 그런데 편집자를 하셨으면 출판사 사장님이나 영업부장이 되셨어야 하는 거 아니에요?"

"작가의 꿈을 가지고 글 좀 써 보려다 편집 일에 잠깐 미쳤었지. 10여 년 편집 일을 하다 보니까 글을 쓸 수 있는 영혼이 사라졌어."

영혼이 사라졌다니, 작가를 꿈꾸는 소연이에게는 그 말이 무척이나 무섭게 들렸다.

"글은 아무나 쓸 수 있다고들 하지만 내가 꼭 써야 할 내 얘기들은 그때 이미 닳고 닳아서 흔적도 없이 사라져 버렸단다. 자기 검열에 걸린 나의 작은 알맹이들이 마치 버터 녹듯이 흐물흐물해진 거지."

자기 검열이라고 했다. 아저씨는 본디 쓰려고 했던 글을 자기 스스로 검열하면서 좌절을 맛보았던 것이다.

"대가들의 작품을 읽다가 막상 내가 쓴 글을 보니 얼마나 비참하고 쓸모없게 느껴지던지. 너, 〈지니어스〉라는 영화 봤니?"

"아, 아니요."

"작가가 되거나 편집자가 되려는 사람에게는 중요한 영화야."

1929년 뉴욕에는 최고의 실력을 가진 편집자 퍼킨스가 있었다. 퍼킨스는 수없이 작품을 거절당한 토머스 울프의 원고를 읽고 그의 천재성을 간파한 사람이었다. 퍼킨스는 자신의 편집 능력을 발휘해 길고 장황한 원고를 과감히 잘라내면서 울프의 작품이 출판될 수 있도록 돕는다. 울프의 고급스러운 감성과 냉철한 퍼킨스의 편집력이 더해져 《천사여, 고향을 보라》는 출판과 동시에 베스트셀러가 되었다.

"네. 꼭 볼게요."

"그래서 결국은 책만 좋아하게 됐지. 나는 고급 독자로 남기로 결심했어."

"꿈을 버리신 거네요."

"꿈을 버린 게 아니라 꿈을 바꿨지. 꿈이라는 건 항상 바뀌거든. 중요한 건 꿈이 있다는 거야."

아저씨는 독자로 남겠다고 결심한 다음부터 책을 수집하기 시작했다. 출판사가 수북하게 쌓여 있는 책들을 버리려고 할 때마다 그 책들을 받아서 집으로 가져왔고, 다락방에 차곡차곡 쌓인 책을 보면서 마냥 행복했고, 열성적인 책 수집가가 되었다. 어느덧 다락방에는 수천 권의 책들이 쌓여 갔고, 흐뭇한 얼굴로 책들을 쓰다듬거나 먼지를 털어내는 일이 아저씨에게는 가장 행복한 일상이 되었다.

"그럼 그 많은 책을 다 읽으셨어요?"

"하하하, 그 얘기를 들으니까 에코의 일화가 생각나는구나. 에코가 가진 수많은 책을 본 사람들이 이 책들을 다 읽었냐고 물으니까 에코가 말했지. 이건 이번 달에 읽을 책이고 다음 달에 읽을 책이 이만큼 또 지하실에 있다고. 바보들한테 그렇게 웃으면서 말했다는 거야."

"아, 그렇군요."

움베르토 에코는 김청강 작가가 존경하는 작가 가운데 한 사람이었다. 소설과 동화책은 물론 철학, 기호학, 문학 이론, 문화 비평, 칼럼 등을 50여 년 동안 꾸준히 출간한 작가이며, 하버드와 케임브리지 대학교에서 강연을 하는 학자이기도 했다. 장편소설《장미의 이름》은 헐리우드에서 영화로도 만들어졌다. 에코의 책《세상의 바보들에게 웃으면서 화내는 방법》에 그런 일화가 나온다는 얘기를 김청강 작가에게 들어서 소연이도 알고 있었다.

"교수나 작가들이 책을 많이 가지고 있는 건 사실 데코레이션이라고 봐."

"데코레이션이요?"

"그렇지. 어찌 보면 책을 수집하는 건 자기 자신을 장식하는 또 다른 방식인 거야. 나도 책을 모으는 동안 내가 마치 지식인이라도 된 것 같은 뿌듯함을 맛보았으니 말이다. 그리고 어느 날 내가 몸담았던 출판사가 망했지."

출판사가 망하고 난 뒤에도 아저씨는 여전히 책들을 수집하러 다녔다. 수집병이 발동해 헌책방을 돌아다니며 희

귀한 책들을 사 모으는 동안 퇴직금까지 다 날려서 경제적 위기가 닥칠 정도였다고 했다.

"한마디로 정리하면 작가의 꿈을 꾸다가 편집자를 거쳐서 책 수집가가 됐다가 마지막에는 수집한 책들을 내다 파는 헌책방 주인이 된 셈이야. 비록 작가가 되고 싶다는 꿈에 비하면 초라하긴 하지만 내가 가진 걸로 먹고살 수 있으니 고맙지, 뭐. 지금은 내가 그렇게 좋아하던 책이 날 먹여 살리는 생계수단이 되었어. 작가들이 책을 팔아 먹고사는 것처럼, 나는 헌책을 팔아 먹고살고 있으니 방법적인 면에서 공통점이 있다고나 할까? 하하하."

웃고 있는 아저씨의 얼굴은 밝았지만, 바라보는 소연이의 기분은 씁쓸했다.

"그래도 늘 책에 파묻혀 있으니까 좋으시죠?"

"그럼. 헌책방을 하다 보면 가끔 저자 사인본도 건지는 걸. 저자가 정성스럽게 사인한 책들이 가끔 흘러들어오거든."

"정말요? 혹시라도 나중에 작가 손에 들어가게 되면 어떻게 해요?"

"그런 적도 실제로 있었어."

아저씨는 그 때 이야기를 들려주었다.

허름한 헌팅캡을 쓴 노인이 들어오더니 이 책 저 책 뒤지다가 주인에게 말을 붙였다.

"오! 이 책은 내가 쓴 책입니다. 여기에도 있군요."

"아, 그러세요? 작가님이세요?"

"네. 그렇습니다. 이래 봬도 이 책이 한 십만 권쯤 팔린 책이랍니다."

노인이 자랑스럽게 책 표지를 열었는데 갑자기 얼굴이 흑색으로 변했다.

"아니! 이, 이럴 수가."

"왜 그러세요? 뭐가 잘못되었어요?"

헌책방 주인이 들여다본 표지 안쪽에는 작가의 친필 사인이 있었다.

"내가 친구에게 선물한 책이군요. 가장 친한 친구라오. 동료 작가이기도 한데 내 책을 내다 팔았군. 쯧쯧, 이러니 책은 선물하는 게 아니야. 사서 봐야지."

"정말이요?

아저씨 이야기가 끝나자 소연이가 물었다.

"어떻게 친구가 직접 쓴 책을 선물했는데 내다 팔 수 있을까요?"

"모르지. 짐 정리를 하면 제일 먼저 버리는 게 책이거든.

이삿짐이라든가 방을 옮길 때 말이지. 책이란 게 한번 읽고 나면 또 읽기는 힘들잖아. 자리만 차지하고 먼지 쌓이기 십상이지. 책이 천덕꾸러기 신세가 된 지 오래되었지."

주인아저씨와 이런저런 이야기를 나누던 소연이는 가게 문을 나섰다. 소연이의 등 뒤에서 아저씨가 말했다.

"여기서 사 간 책 다 읽으면 다시 가져오렴. 두 권당 한 권으로 바꿔 줄게. 그래야 아저씨도 먹고살지?"

"네, 아저씨. 알았어요. 다 읽은 책은 가져다드릴게요."

"그래그래. 꿈을 꼭 이뤄서 작가가 되길 바랄게."

"에이, 작가가 되면 뭐해요. 어차피 헌책으로 돌아다닐 텐데."

"이런 헌책으로라도 독자를 만나는 게 얼마나 기쁜 일인데. 네가 아직 모르는구나."

소연이는 헌책방 주인이 마지막에 한 말을 곰곰이 되새기며 길을 걸었다. 그 말도 맞는 것 같았다. 자신이 쓴 이야기가 헌책이건 새 책이건 누군가를 만난다는 것 자체가 아름다운 소통일 수 있었다.

소연이는 길을 걸었다. 헌책방에서 산 책 두 권을 넣었더니 왠지 배낭 안에서 훈훈한 온기가 퍼져 나오는 듯했다. 그리고 어느새 집 앞 길목에 다다랐을 즈음 소연이는 골목 입구에 서 있는 사람과 눈이 마주치고 소스라치게 놀랐다.

"어머!"

"니, 인제 오나?"

문태식은 다시 부산 사투리로 거칠게 물었다. 억지로 표준말을 쓰는 건 포기한 듯했다.

"응."

"니, 내 번호 차단했나?"

사실이었다. 잦은 알림음 소리가 신경 쓰여서 태식이의 전화번호를 아예 차단해 버린 상태였다.

"저, 그, 그게."

흥분한 태식이에게 차단한 게 맞다고 하기도 그렇고 부인할 수도 없는 난처한 상황이었다.

"나 좀 바빠. 집에 빨리 가야 돼."

"와아! 니, 내랑 사귀자는 말에 와 답이 없노?"

"저, 그게 말이야. 지금은 공부에 전념해야 해서 너랑 사귈 수가 없어."

"와아! 니, 내가 무식하고 책도 싫어해서 그라는 기가?"

"아, 아니야."

"내도 니가 보는 책 읽고 있다."

문태식이 품에서 꺼낸 책은 놀랍게도《고도를 기다리며》였다. 그 책을 보는 순간 소연이는 저도 모르게 웃고 말았다.

“풋!”

“웃기나?”

“아, 아니. 웃는 게 아니고. 근데 넌 왜 그런 책을 읽니?”

“니가 읽으니까 내도 읽어 봐야 될 거 아니가? 무슨 책이길래 니가 맨날 들고 다니면서 읽냔 말이지.”

“그래서 읽긴 읽었어?”

순간 태식이의 얼굴이 일그러졌다.

“응. 읽기는 읽었는데.”

태식이 읽어 낼 수 있는 수준의 책이 아니었다. 하지만 소연이는 그런 태식이 조금은 달리 보였다. 자신과 공감대를 만들기 위해 그 어려운 책을 읽으려고 노력하는 모습이 귀여웠다.

“어렵긴 하지. 사실 나도 무슨 소린지 모르겠어.”

“와아! 이 빌어먹을 책에 나오는 고도라는 놈이 도대체 누꼬? 와 오질 않노?”

그때 소연이는 보기보다 태식이가 나쁜 애는 아니라는 생각을 했다. 오죽 사귀고 싶었으면 그 어려운 책을 들고 다니면서 읽으려고 했을까 싶어 그 노력이 가상해 보였다. 표준말 쓰려는 것도 그렇고.

“태식아, 저기 내가 너랑 사귈 순 없어도…….”

소연이는 조심스럽게 말을 꺼냈다.

"가끔 만나서 네가 읽는 책에 대해 이야기할 수는 있어. 물론 너도 책을 좋아한다면."

"진짜가? 약속이데이?"

"응. 그런데 그 책은 아닌 것 같아."

"와아! 재미라고는 더럽게 없는 걸 내가 꾹꾹 참고 읽었다. 왜냐하면? 그래도 고도가 오면 어떤 일이 일어날까 궁금해서. 그랬는데 이 미친놈들이 서로 기다린다캤다가 온다캤다가 씨부리드만 결국엔 아무도 안 오네. 이게 무슨 책이고? 니는 이걸 재밌다고 읽는 기가? 내 같으면 고도라는 놈 찾아가가 들고 패긋다. 아주 확실하게 고독하게 만들어 버리삘끼다."

"호호!"

"하하, 니, 웃었네?"

단순한 태식이는 그 모습을 보고 좋아했다. 자기가 한 말에 소연이가 웃음을 터뜨리는 걸 보고 덩달아 기분이 좋아진 듯했다.

"좋다. 그라믄 앞으로 내랑 만나서 책 얘기도 하고 모르는 건 알려줄 수 있제? 물론 이 책보단 재밌어야 된데이."

"응, 알았어. 네가 읽을 만한 재미난 책으로 내가 골라 줄게. 김청강 작가님 책이 너한테 딱일 거야. 얼마나 재미있는데. 평생 책을 한 번도 안 읽은 애들도 그 선생님 책을 한

번 집으면 손에서 못 놓고 계속 읽게 된대."

"그래, 알았다. 그 책 한번 소개해도. 그리고 앞으로 니 괴롭히는 놈들 있으면 언제든지 내한테 얘기해라. 내가……."

그때였다.

"야! 이, 미친년아!"

고개를 돌려보니 미경이가 불같은 표정으로 서 있었다.

"이 나쁜 년이 뒷구멍으로 호박씨 까네."

말이 끝나기 무섭게 득달같이 달려온 미경이가 소연이의 뺨을 후려쳤다.

"악!"

얼떨결에 뺨을 맞은 소연이는 그 자리에 털썩 주저앉고 말았다. 너무 아파 눈에서 불똥이 튀었고, 얼굴은 화끈거리다 못해 쓰라렸다. 난데없는 기습에 무방비로 당한 것이었다.

"이년이 남의 친구한테 뭐하는 거고? 니처럼 아무한테나 꼬리 치는 년은 혼 좀 나봐야 정신을 차리지."

미경이가 주저앉은 소연이를 향해 발길질을 하려던 찰나 태식이 그 앞을 가로막았다.

"야! 너 왜 이래? 이 미친년아!"

"뭐꼬? 야, 이 미친놈아! 내랑 사귀자고 할 때는 언제고 이제는 이년한테 꼬리 치나?"

"야! 내가 언제 그랬나? 니랑은 친구로 지내는 거지. 저리 가라!"

"니는 가만히 있어라. 니, 이리 온나. 안 오나?"

미경이는 태식이에게 앞을 가로막힌 채 갈고리를 휘두르듯이 두 팔을 휘저었다. 소연이는 눈물이 핑 돌았다. 태어나서 지금껏 엄마에게도 맞아 본 적이 없었기에 서럽고 억울한 마음뿐이었다. 길을 가던 사람들이 힐끔거리며 지나쳤다. 할아버지 한 분이 다가와 말했다.

"학생들 길거리에서 왜 이러나? 빨리들 집에 가!"

태식이는 들은 척도 안하고 미경이를 저만치 끌고 갔다.

"너, 빨리 가라! 안 가면 죽는다."

"차라리 죽여라, 죽여! 이 자식아! 이 새끼야!"

태식이를 좋아하는 미경이가 발버둥을 치며 소리를 질렀다. 가게 안에 있던 사람들이 무슨 일인가 하고 내다볼 정도였다.

"소연아, 빨리 가라!"

그 소리에 정신을 차린 소연이는 아픈 뺨을 문지르며 겨우 일어났다. 비틀거리며 집을 향해 걸어가는데 어떻게 빠져나왔는지 미경이가 표범같이 날쌘 동작으로 다시 달려들었고, 소연이의 머리끄덩이를 잡아 그대로 내동댕이쳤다.

질투의 힘은 정말 무서웠다. 미경이의 손에 다시 한 번 휘둘리면서 소연이가 할 수 있는 거라고는 자신이 얼마나 무기력한 존재인지 확인하는 것밖에 없었다. 제아무리 말 잘하고 글 잘 쓰는 지성인이라고 해도 일단 폭력의 울타리 안에 들어가는 순간 무참히 짓밟히는 것은 시간문제였다. 소연이는 과거 독재 정권에 맞서 싸우던 운동권 학생들이 경찰에 잡혀가면 일단 영혼이 털리도록 두들겨 맞았다는 이야기를 책에서 읽은 기억이 났다. 이제 그 이유를 알 것 같았다. 육체적인 고통이 가해지면 신념이나 정의 같은 정신적인 것들은 흔적 없이 사라지고 오직 짓밟히는 기분밖에 들지 않았다. 소연이는 쉴 새 없이 쏟아지는 주먹질과 발길질 아래 있었고, 머릿속에 든 수많은 관념과 언어와 문장들은 이런 때 아무런 도움이 못 되고 있음을 절실하게 느끼고 있었다. 그러다 어느 순간 소연이를 향한 미경이의 폭력이 멎었고, 소연이의 비명 소리가 잦아들었다.

"와아, 이년이 진짜 미쳤나?"

소연이가 고개를 들어 보니 태식이 미경이를 사정없이 두들겨 패고 있었다. 손바닥으로 얼굴을 후려치는 걸로 부족한지 발로 엉덩이와 다리를 걷어차서 바닥에 쓰러뜨렸다.

"소연아, 니는 빨리 가라! 이 년은 내가 손을 좀 봐야겠다. 그래도 지금껏 알고 지낸 옛정을 생각해서 내가 참으려고 했는데 말이지."

가까스로 풀려난 소연이는 집 쪽으로 미친 듯이 달려갔다. 소연이에게는 자아가 완전히 무너질 만큼 위태로운 하루였다.

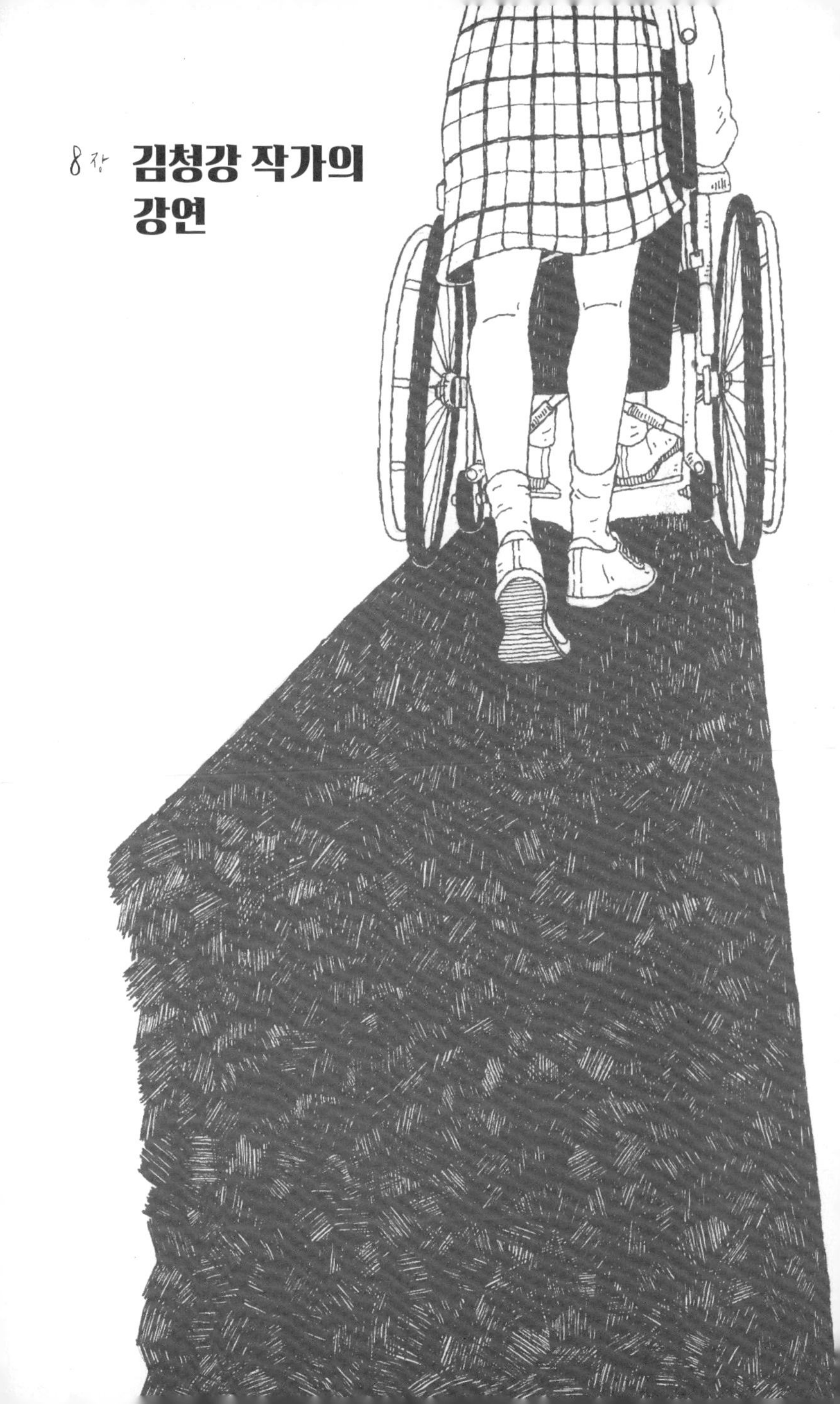

8장 김청강 작가의 강연

KTX 2호차의 문이 열렸다. 승객들이 모두 내리고 미리 대기하고 있던 공익요원이 출구에 육중한 노란색 리프트를 들이댔다. 유압에 의해 리프트가 올라가자 기울어져 있던 발판이 반듯하게 펴지며 기차의 바닥면과 수평이 되었다. 이윽고 모습을 드러낸 사람은 김청강 작가였다. 휠체어를 탄 채 환하게 웃으며 밖에서 기다리고 있는 이학수 선생님과 소연이에게 손을 흔들었다. 이학수 선생님이 가볍게 눈인사를 건넸고 소연이는 함께 고개를 숙였다.

"선생님, 안녕하세요?"

"반갑습니다. 소연이도 오랜만이다."

활짝 웃는 얼굴로 김청강 작가는 휠체어를 굴려 리프트

위로 올라섰다. 리프트가 내려오고 휠체어를 탄 김청강 작가는 이학수 선생님과 다시 인사를 나누었다.

"선생님, 안녕하십니까? 마중 나와 주셔서 감사합니다."

"아닙니다. 이렇게 와 주셔서 저희가 영광입니다."

"소연이도 잘 있었지?"

김청강 작가는 다정하게 소연이의 손을 잡아 주었다. 소연이는 왈칵 나오려는 눈물을 겨우 참았다.

"왜 울려고 그래? 선생님이 그렇게 보고 싶었어?"

"아니에요. 선생님."

"하하, 선생님을 다시 뵈니까 옛 제자가 반가운 모양입니다. 먼 길 오시느라 피곤하지 않으셨습니까?"

김청강 작가는 환하게 웃으며 말했다.

"아유, 피곤하긴요? 기차가 피곤했지, 저야 뭐 편안하게 왔습니다."

"하긴 기차가 피곤했겠네요. 하하. 선생님 참 유쾌하십니다."

이학수 선생님이 근육질의 몸으로 휠체어의 손잡이를 잡더니 물었다.

"제가 좀 밀어도 되겠습니까?"

"아, 밀어 주십시오. 감사합니다."

이학수 선생님은 구부정하게 허리를 굽혀 휠체어의 손

잡이를 잡고 엘리베이터를 향해서 갔다.

"그래, 소연이는 글 많이 쓰고, 공부도 열심히 하고 있나?"

김청강 작가가 다정하게 물었다. 소연이의 눈에서 참았던 눈물이 왈칵 솟았다.

"네, 선생님."

소연이는 울먹이며 눈물을 닦았다.

"아이고. 우리 소연이가 부산 생활에 적응하느라 힘든 모양이네."

"맞습니다. 서울에서 부산까지 내려와 적응하느라 아주 힘듭니다. 교사인 저희들 책임도 있구요."

이학수 선생님이 엘리베이터 버튼을 누르며 대답했다.

"아유, 무슨 말씀을요. 아이들은 다 이리저리 옮겨 다녀도 자연스럽게 적응을 합니다. 그러면서 자신의 경쟁력을 기르는 거죠. 그렇게 친화력도 키우면서 어디에 던져 놔도 살아남을 수 있는 내성을 갖게 되는 겁니다."

어떤 상황에서도 김청강 작가는 긍정적으로 해석했다. 엘리베이터에서 내린 일행은 선상 주차장으로 향했다. 이학수 선생님이 차를 빼러 간 동안 김청강 작가는 소연이의 손을 잡고 물었다.

"소연아, 힘들었지?"

"네. 선생님."

"그래, 걱정 마. 내가 왔으니까. 너희 학교 애들 내가 다 휘어잡아 놓을게."

"아니에요, 선생님. 그러실 필요 없어요."

"아니야. 널 괴롭힌 녀석들 어떤 녀석들인지 내가 다 혼내 주지. 하하하!"

잠시 후 이학수 선생님이 탄 차가 다가왔다. 소연이가 조수석에 앉고 김청강 작가가 뒷자리에 앉았다. 선생님이 휠체어를 트렁크에 싣고 운전대를 잡으면서 말했다.

"여기서 저희 학교까지는 십여 분쯤 걸립니다. 선생님."

"아, 멀지 않군요."

"네. 그렇습니다."

"학생들이 제가 온다고 기대에 부풀어 있습니까?"

"네. 선생님 작품을 읽은 아이들이 많고요. 선생님이 오신다고 또 새로 읽은 녀석들도 있습니다."

작가가 강연을 하러 다니면 그런 효과가 있었다. 마치 연예인을 만날 때처럼 선망의 시선으로 작가를 바라보는 아이들에게 작가와의 만남은 콘서트나 음악회만큼 효과가 있었다. 누가 오든 관심이 커지고, 관심이 커지다 보면 그 사람에 대해 알고 싶어지는 원리였다.

"우리 학교 도서관 선생님이 그러시는데 선생님이 오신

다고 하니까 다들 책을 빌려 가서 열람실에 남아 있는 게 하나도 없을 정도랍니다."

"어허! 이거야말로 감사한 일입니다."

"사인 받겠다고 애들이 벌써부터 난립니다."

일주일 전부터 학교에서는 독후 활동이 벌어지고 있었다. 강연을 듣기로 한 1학년 전체 이백여 명의 아이들이 책을 읽고 궁금한 점을 포스트잇에 붙여서 패널 형태로 전시 중이었다. 그 가운데 하나를 뽑아 김청강 작가가 선물을 준다는 말에 아이들은 질문을 짜내느라 정신이 없었다. 작품 속 주인공의 성격에 대해 물어보는 고급 질문도 있었지만 작가의 연봉이 얼마인지, 사는 집은 몇 평인지 같은 현실적인 질문도 있었다. 교사들은 부끄럽다고 했지만 박선주 선생님의 의견은 달랐다.

"질문은 무엇이든지 할 수 있는 거예요. 유명 작가니까 얼마나 돈을 많이 버는지 애들이 궁금해서 물어보는 건데요, 뭐 어때요? 놔두세요."

그리하여 아이들은 별별 짓궂은 질문들까지 다 써서 붙여 놓았다. 그림에 소질이 있는 아이들은 김청강 작가의 책 표지 그림을 그려서 장식해 놓기도 했다. 똑같이 그린 아이들도 제법 많았다.

"선생님, 가서 보시면 놀라실 거예요."

"그래?"

"애들이 준비를 엄청나게 했어요."

하지만 김청강 작가는 그 순간 날카로운 눈빛으로 소연이의 얼굴 여기저기 나 있는 흠집들을 찾아보고 소연이에게 무슨 일이 생겼음을 짐작하고 있었다.

이윽고 일행을 태운 차가 소연이의 학교 근처에 다다르고 가파른 언덕길을 올라갔다. 소연이가 왼쪽을 가리키며 말했다.

"선생님. 저희 집은 저 길로 쭉 가면 있어요."

"그래. 새로 이사 와서 적응하느라 애쓴다. 집이 가까워서 좋구나."

김청강 작가는 소연이가 가리키는 동네의 오래되고 낡은 집들을 보면서 마음 한구석이 짠했다. 반지하방에 살고 있다니 사는 게 얼마나 팍팍할지 안 봐도 뻔했다.

"어머님은 잘 계셔?"

"네. 엄마는 지금 식당에서 외삼촌하고 열심히 일하고 계셔요. 요즘은 바빠서 얘기도 잘 못 나눠요."

"그랬구나. 너무 애쓴다. 소연아, 선생님이 한마디만 해줄게. 이 세상에 어떤 꽃이든 흔들리지 않고 피는 꽃은 없단다. 노 패인, 노 게인(No pain No gain)이야. 공짜로 얻는 것도 없고, 고통 없이 얻는 것도 없어. 네가 이렇게 힘들고 어려운 일을 겪는 게 나중에 다 약이 될 거야."

이학수 선생님이 듣더니 고개를 끄덕였다.

"선생님. 역시 작가님이라서 멋지게 말씀하십니다. 교사인 저에게도 참 맞는 말씀이십니다."

"그렇죠?"

"네. 제가 학생일 때 축구 선수였는데 다른 아이들은 프로 선수로 나가 돈을 번다고 할 때 저만 부상을 당해서 교직을 이수했어요. 그때는 꼭 제가 패배자가 된 심정이었습니다. 남들처럼 돈 많이 버는 프로 선수가 못 되고 저만 교사를 하는구나 싶어서 울적했는데 지금은 그 친구들이 저를 다 부러워합니다."

"하하, 그렇군요."

"제가 그런 고통을 겪지 않았으면 이렇게 교사가 되어서 아이들을 만날 수 있었을까요? 그때는 이렇게 될 줄 몰랐겠지요."

"맞습니다. 선생님은 참 좋은 분 같습니다."

"아닙니다. 부끄럽습니다. 선생님에 비하면요."

차에서 내린 이학수 선생님이 먼저 휠체어를 내려 김청강 작가를 태웠다. 소연이가 휠체어를 밀고 교사로 들어갔다.

"교장선생님께서 기다리신대요."

"그래. 넌 오늘 특별히 외출 허락을 받았구나."

"네. 담임선생님이 같이 마중 가자고 하셨어요."

교장실로 들어가자 김청강 작가는 가장 먼저 명함을 꺼내 건넸다.

"교장선생님, 안녕하십니까?"

"어서 오십시오. 김 작가님. 기다리고 있었습니다."

교장선생님은 김청강 작가를 둥그런 테이블로 안내했다.

"혹시 안락의자로 모셔야 합니까?"

"아닙니다. 이런 둥그런 테이블이 좋습니다. 휠체어 탄 사람들은 이런 유니버설 디자인을 좋아해요"

"유니버설 디자인이 뭡니까?"

"자, 이 테이블은 동그랗기 때문에 누구나 앉을 수 있지 않습니까? 제가 탄 휠체어도 쑥 들어가죠. 그런데 네모난 테이블, 다리가 있는 테이블 밑으로는 휠체어가 못 들어갑니다. 누구나 쓸 수 있게 만드는 디자인, 그게 유니버설 디자인이지요."

"아! 한 수 배웠습니다."

유니버설 디자인은 장애인을 위한 배려의 디자인이었다. 건물을 지을 때 유니버설 디자인의 개념이 더해지면 엘리베이터를 설치하고, 경사로를 만든다. 노인이나 어린이, 유모차와 휠체어도 마음껏 건물 어디든 갈 수 있게 하는 것이 바로 유니버설 디자인이었다. 소연이가 옆에 앉자 김청강 작가가 말했다.

"제 제자입니다. 교장선생님, 많은 관심 좀 부탁드려요. 글재주가 있는 아주 똑똑한 친굽니다."

"아, 네. 알고 있습니다. 저희 학교에도 글 쓰는 아이들이 많이 있습니다. 소연이도 기대가 됩니다."

"아, 그렇습니까?"

"저희 학교에 있는 이진석이라는 학생이 전국적으로 유명합니다."

"그 학생 이름 들어 본 것 같아요. 우리 소연이하고 라이벌이던데."

"허허허, 그렇습니까? 이거 라이벌인 두 사람 다 우리 학교에 있으니 제가 큰 영광입니다."

진석이의 이름이 나오자 소연이의 몸이 저절로 움츠러들었다. 그런 분위기를 느꼈는지 김청강 작가가 호탕하게 말했다.

"그나저나 이렇게 불러 주셨으니 제가 좋은 이야기를 좀 하도록 하겠습니다."

"모쪼록 잘 좀 부탁드립니다. 오면서 보셨겠지만 저희 학교 주변 환경이 워낙 열악합니다. 사는 데 급급한 부모들이 아이들을 방치하다시피 합니다. 죄 없는 아이들이 그런 데서 오는 분노와 에너지를 친구들에게 쏟는 경우가 많이 있어요."

"아, 이해합니다. 저도 강연을 많이 다녀서요."

"그런 아이들에게 꿈과 희망을 심어 주십시오. 요즘 아이들은 꿈이 없습니다."

"네. 제가 어떻게 살아왔는지 잘 이야기해 주겠습니다."

김청강 작가는 거침이 없었다.

"소연이 넌 이제 교실로 가라. 이따가 강연 시간에 만나자."

"네, 선생님. 이따 뵐게요. 교장선생님도 안녕히 계세요."

인사를 마친 소연이가 교장실을 빠져나가자 김청강 작가는 심각한 얼굴로 물었다.

"소연이 얼굴이 왜 저렇습니까?"

교장선생님이 감탄하며 말했다.

"아, 벌써 눈치채셨군요. 사실은 소연이가 학교 폭력에 연루되었습니다."

"폭력이요? 소연이는 그런 애가 아닌데."

태식이가 미경이를 두들겨 팬 일은 폭력 사건으로 비화되었다. 다음 날 학교에 소연이가 등교하지 않자 이학수 선생님이 직접 전화를 걸었다.

"소연아, 너 왜 학교에 오지 않았니?"

"저, 아파서요."

"아파? 정말 그게 다야? 선생님이 다 알고 있어. 얘기해 봐."

"네?"

"미경이하고 태식이한테 다 들었어. 어떤 일이 있었는지."

"정말요?"

결국 소연이는 이학수 선생님의 부름에 퉁퉁 붓고 멍든 얼굴을 마스크로 가리고 학교에 도착했다. 3교시쯤이었다. 소연이가 교실로 가기 전에 상담실로 먼저 들어가자 이학수 선생님이 기다리고 있었다.

"어디 얼굴 좀 보자. 어머니도 알고 계시니?"

"아니요. 엄마는 어제 밤늦게 들어와서 주무시고 있어요. 이따가 식당에 나가셔야 해서."

"무슨 일이 있었는지 말해 봐."

소연이는 자초지종을 말하기 시작했다. 태식이 자신을 찾아와서 이야기를 나누었고, 그 모습을 보고 화가 난 미경이가 자신을 때린 사실과 그런 미경이를 말리던 태식이가 폭력을 휘두르게 된 과정을 낱낱이 밝혔다.

"학교폭력위원회를 열어야겠다. 어머님도 한번 오시라고 해."

"아니에요, 선생님. 제가 맞긴 했지만 걔네들이 처벌받지 않으면 좋겠어요. 오해가 생겨서 그런 거예요."

소연이는 마음 같아선 다 혼내 주라고 하고 싶었지만, 이 일을 계기로 다시 그런 일이 일어나지 않는다면 참을 수 있다고 생각했다.

"아니야. 이건 오해라고 할 수가 없는데. 미경이가 널 작정하고 두들겨 팼고, 미경이 걔는 태식이한테 맞아서 광대뼈가 함몰됐어. 미경이 엄마가 지금 학폭위를 열어야 한다고 주장하고 있어. 그러다 네 얘기도 나왔고."

"아."

순간적으로 소연이는 일이 어떻게 돌아가는지 깨달았다. 질투의 화신이 된 미경이가 문태식과 소연이의 이야기를 담임인 이학수 선생님에게 고자질한 것이었다. 대부분의 교사들은 이런 문제가 터지면 골치 아픈 일이 벌어졌다고 생각하는데 이학수 선생님은 달랐다.

"내 반에서 벌어진 일은 내가 해결한다. 내 교실에서 주먹을 쓰는 일은 있을 수 없어. 그다음에 있었던 일도 말해 봐."

결국 소연이는 자신이 이 책상, 저 책상으로 옮겨 다니게 된 이야기부터 아이들로부터 따돌림을 당했던 자잘한 이야기들을 다 털어놓았다.

"좋아, 어쨌든 학폭위는 열릴 테니 교장선생님께 내가 추가로 말씀드려야겠어. 교실로 가자."

소연이는 교실로 가는 게 두려웠지만 하는 수 없이 뒤를 따랐다. 선생님이 교실 문을 열고 들어가자 아이들이 숨을 죽인 채 바라보았다.

"소연이, 자리로 가서 앉아."

소연이가 빈자리에 가서 앉자 선생님은 잠시 동안 교실 안을 둘러본 뒤 힘겹게 입을 열었다. 이미 아이들은 선생님의 굳은 얼굴을 보고 긴장한 상태였다.

"우리 반에서 학교 폭력은 있을 수 없다. 선생님은 체육대학에 다닐 때 선배들에게 맞으면서 운동을 했어. 때린 만큼 성적이 나온다면 선생님은 아마 올림픽 금메달리스트가 되고도 남았을 거다. 인간이 할 수 있는 가장 치사한 짓이 누군가를 폭력으로 제압하는 거야. 두려움을 느끼게 해서 굴복시키는 거지. 내가 그 꼴 보기 싫어서 선생님이 됐는데 너희들이 감히 내 교실에서 폭력을 휘둘러? 나는 결코 용서할 수 없다."

교실 전체가 싸하게 얼어붙었다. 이학수 선생님은 모든 아이들에게 종이를 나누어 주었다.

"여기에다가 우리 반에서 따돌림을 당했거나 폭력으로 인한 피해를 입었다면 그 사실을 낱낱이 적어 보자. 누가 그랬는지 모른다면 모르는 대로 적는다. 내가 아니라 다른 사람이 당하는 걸 봤다면 그 사실도 적어. 이번 기회에 실태를 조사해서 선생님이 뿌리 뽑고야 말 거야. 미경이와 태식이 문제는 학폭위에서 결정될 거다. 너희들도 그런 신세가 되고 싶지 않으면 낱낱이 적어야 해!"

아이들이 종이에 뭔가를 끼적이는 동안 작은 숨소리 하나 들리지 않았다. 사각사각, 글 쓰는 소리만 들렸다. 여전히 굳은 표정으로 아이들을 쳐다보던 선생님이 아무것도 안 적고 있는 아이에게 물었다.

"너는 왜 안 적는 거야?"

"저, 저는 모르겠는데요."

"모르긴 뭘 몰라? 뭐든 봤으면 그걸 적어. 방관자도 동조한 거나 다름없어."

"네?"

"소연이 책상에 우유 쏟아진 거 봤잖아. 왜 안 적어?"

"네? 그런 것도 적는 거예요?"

"그래, 다. 얼른 적어."

이학수 선생님은 그동안 벌어진 모든 사건과 내용을 알고 싶어 했다. 결국 한 시간 내내 아이들은 그동안 자신이 보거나 느낀 것들을 다 적어야 했다.

"누가 그랬는지 실명으로 적어라. 하지만 누가 썼는지는 안 적어도 돼. 무기명으로 받을 거니까 안심하고."

결국 한 시간 뒤 선생님은 A4 용지 서른 장을 걷어서 나갔다. 그리고 얼마 뒤 학폭위가 열렸다.

학폭위가 열리는 날, 엄마는 출근을 미루고 학교에 왔다. 소연이가 맞은 사실을 뒤늦게 알고 엄마는 끓어오르는 분노를 삼키며 눈물을 흘렸다.

"소연아. 어쩜 이런 일이 있니? 엄마가 못나서, 다 엄마 때문이야. 용서할 수 없어. 우리 딸을 그렇게 두들겨 팼다니."

"엄마, 아니야. 선생님이 잘 도와주고 계셔."

"학교에 가서 엄마가 걔네들 엄벌해 달라 그럴 거야."

"엄마, 괜찮아. 걔네들도 불쌍한 애들이야."

"불쌍하긴 뭐가 불쌍해? 우리 딸을 이렇게 만들었는데!"

엄마의 흥분은 좀처럼 가라앉지 않았고, 소연이는 그런 엄마를 진정시키느라 진땀을 뺐다.

"지금 학교폭력위원회가 열린다니까 걔네들 합당한 처벌을 받을 거야. 내가 나서지 않아도 선생님이 도와주고 계시니까 잘될 거야."

학교폭력위원회에는 미경이의 엄마와 소연이의 엄마 그

리고 태식이의 할머니가 나왔다. 할머니는 허리를 굽신거리며 연신 미안하다고만 했다.

“아이고, 미안합니다. 태식이 아비가 이 늙은이한테 애를 맡겨 놓고 가서 태식이가 이렇게 되었습니다. 미안합니다. 애가 부모 없이 커서 그렇습니다.”

교장선생님과 이학수 선생님 그리고 학부모 대표 등이 모두 한자리에 모여 심각한 표정으로 이야기를 들었다. 하지만 두 아이 모두 명백한 폭행 사실을 인정해서 그냥 묻고 갈 수 없는 사건이었다. 가장 큰 피해자는 소연이였다.

“소연이도 한마디 해라.”

교장선생님이 말했다.

“선생님. 저는 용서해 주고 싶어요. 다시는 이런 일이 없게 하겠다고 두 사람이 약속한다면 저는 용서해 주고 싶어요.”

이때 미경이의 엄마가 나섰다.

“저는 절대 태식이를 용서할 수 없습니다. 여자아이 얼굴을 저 지경으로 만들다니요.”

“어머니, 미경이가 맞기도 했지만 소연이를 두들겨 패기도 했습니다. 피해자인 동시에 가해자인데 너무 목소리가 높으시군요.”

몹시 흥분한 미경이의 엄마는 애써 소연이의 얼굴을 외

면했다. 소연이의 엄마는 한바탕 퍼붓고 싶은 마음이 굴뚝 같았지만 꾹 참았다. 소연이는 앞으로도 이 학교에 다니고 싶었기 때문이다. 그리고 끝으로 한마디를 던졌다.

"교장선생님. 아이들은 누구나 소중합니다. 어떤 부모나 제 자식이 잘 자랄 수 있도록 힘쓰고 있지만 형편상 잘 돌보지 못하는 경우도 있습니다. 그래서 학교에 부탁드립니다. 아이들을 잘 보호해 주세요. 다시는 이런 일이 없게 해 주세요"

교장선생님은 고개를 숙이며 말했다.

"죄송합니다. 모든 게 제 책임입니다. 제가 잘 처리하도록 하겠습니다."

결국 미경이와 태식이에게는 다른 학교로의 전학 조치가 내려졌다. 태식이와 미경이의 관계는 법적 책임을 운운하는 단계로 이어진다는 이야기가 들려왔지만, 소연이는 두 아이를 용서하고 처벌을 원치 않는다고 했다. 결국 학교에는 소연만 남게 되었다.

그날 이후 두 아이는 학교에 나오지 않았다. 태식이와 미경이 옆에서 함께 무리 지어 다니던 아이들은 모두 숨을 죽였다. 교장선생님은 일부러 각 학급을 돌며 아이들에게 훈계를 했다.

"이번에 학폭위가 열린 걸 너희들도 들어서 잘 알고 있을 거다. 지금껏 나는 너희에게 기회를 줬어. 학습 분위기를 해치고 주변 아이들에게 피해를 입혀도 곧 정신을 차릴 거라고 생각했거든. 그런데 아니었어. 그래서 나도 이제 방법을 바꾸기로 했다. 조금이라도 문제를 일으키는 사람은 전후 사정 봐주지 않겠다. 강제 전학을 보내겠다."

일진이었던 아이들은 모두 충격 먹은 표정이었다. 그동안 주먹을 휘두르고 어깨에 힘주고 다녔던 것도 선량하고 힘없는 아이들을 길들여 놓았기에 가능했었다. 그런데 다른 학교로 전학을 가는 순간 아이들 위에 군림하는 게 아니라 새로운 먹이사슬의 바닥으로 들어가야 한다. 당연히 움츠러들 수밖에 없었다.

그 일이 있은 뒤부터 학교 분위기는 무척 좋아졌다. 선생님들도 교장선생님이 학폭위 여는 것을 두려워하지 않는다는 것을 알자 아이들에게 과감하게 말했다.

"너희들, 교장선생님이 학교 폭력은 용서하지 않으신다. 전학 가고 싶으면 분위기 흐려라."

수업 시간에 이상한 소리를 해대며 소영웅주의에 빠져 있던 아이들도 몸을 사렸고, 덕분에 학교 분위기가 좋아지고 있었다. 여태 움츠려 있던 아이들이 자신의 목소리를 내기 시작한 때 마침 김청강 작가가 강연하러 온 것이었다.

교장선생님의 이야기를 들은 김청강 작가는 고개를 끄덕였다.

"교장선생님. 용기가 대단하십니다."

"아닙니다. 대개 다른 관리자들은 이런 문제 자체를 덮으려고만 하는데 저는 옳은 태도가 아니라고 생각합니다. 제가 해병대 출신이거든요."

"아, 그러십니까? 그럼 오다가다 마주친 해병대원들한테 용돈도 많이 주시겠습니다."

"하하! 그래서 항상 오만 원짜리 몇 장을 주머니에 넣고 다닙니다. 아니, 군대도 안 다녀온 분이 어떻게 그런 걸 다 아십니까?"

"작가가 뭘 모르겠습니까? 다 알고 있어야죠. 해병대 선배들이 길에서 우연히 만난 후배들한테 용돈을 쥐어 준다는 사실은 익히 들어 잘 알고 있습니다."

"해병대에서 제가 배운 단 한 가지가 있다면, 그건 작전을 수행하고 돌아올 때는 반드시 동료와 함께 돌아와야 한다는 겁니다. 동료가 죽었건 부상을 당했건 해병대원은 절대 동료를 버리고 오지 않습니다. 저 역시 마찬가집니다. 우리 학교에서 열심히 공부하고 선량하게 생활하는 아이들을 결코 저버릴 수 없습니다. 아이들이 학교 폭력 때문에 피해를 당하는 일은 있어서도 안 됩니다. 가해자를 내 보내야지, 왜 피해자들이 전학을 갑니까? 저는 열 번이고 백 번이고 우리 선량한 아이들을 지킬 겁니다."

김청강 작가가 박수를 쳤다.

"아이고, 멋지십니다."

"아닙니다. 선생님에 비하면 아무것도 아닙니다. 불편한 몸으로 전국 강연을 다니시면서 얼마나 훌륭하게 아이들을 가르치십니까. 선생님이야말로 진정한 교육자이십니다."

"과찬의 말씀이십니다."

두 사람이 주고받는 덕담이 끝나갈 무렵 교장실로 박선주 선생님이 찾아와 인사를 했다.

"안녕하십니까? 제가 우리 학교 문예부를 맡고 있습니다."

"아, 선생님. 안녕하세요?"

"제가 선생님의 후배이기도 합니다."

"아! 어디 후배인가요? 대학교인가요?"

"아닙니다. 제가 2010년 〈조문일보〉 신춘문예에 당선된 적이 있습니다."

"그러세요? 제가 1992년에 당선됐었는데, 아무튼 반갑습니다."

"선생님께서 워낙 유명하시니 저야 이미 잘 알고 있지요."

그러자 교장선생님이 옆에서 말했다.

"이분이 김소연 학생 문예반 선생님입니다."

"소연이 선생님이시군요. 고맙습니다. 작품은 많이 쓰고 계신가요?"

"아닙니다. 교직에 몸담고 있다 보니 작품을 전혀 못 쓰고 있습니다. 늘 부끄럽습니다."

박선주 선생님은 진심으로 부끄러워하는 듯했다.

"아닙니다. 아닙니다. 작품이 선생님을 찾아올 때가 있을 겁니다. 작품의 영감이 떠오를 때 쓰시면 되지요."

교장 선생님을 필두로 일행은 이런저런 이야기를 나누며 강당으로 향했다.

강당에는 질서 정연하게 자리를 잡고 앉아 기다리는 이백여 명의 아이들이 있었다. 소연이는 맨 앞자리를 찾아 앉았다. 김청강 작가에게 글쓰기를 배우면서 많은 이야기를 들었지만 정작 오늘 같은 자리는 처음이었다. 대중 강연은 한 번도 들어본 적 없었다. 무슨 이야기를 할까 궁금했다. 강당에 올라간 김청강 작가는 소개를 받자마자 일성을 날렸다.

"자, 여러분에게 나눠 줄 선물로 내가 이렇게 책을 좀 가져왔습니다."

김청강 작가는 최근에 나온 책 몇 권을 들어 올려 보였다.

"오늘 이 자리에서 여러분에게 이 책들을 주고 갈 겁니다. 그런데 그냥 주겠습니까?"

아이들은 일제히 대답했다.

"아니요!"

"하하하! 그렇습니다. 이 세상에 공짜가 없지요. 자, 공짜가 없다는 사실을 빨리 적습니다."

그러자 아이들은 각자 가져온 노트에 '이 세상에 공짜는 없다.'라고 적었다.

"이 책은 여러분 가운데 강연을 열심히 듣고 좋은 질문을 하고 박수를 열심히 치는 사람에게 주겠습니다."

옆에서 참관하는 선생님들 모두 미소를 지었다. 김청강 작가가 시종일관 유쾌하고 재미있게 청중을 압도하는 것을 보며 혀를 내둘렀다. 아이들은 유머러스한 강연 내용에 열심히 집중했다.

"이야! 시작부터 아이들을 확 휘어잡으시네."

"그러게 말이에요."

박선주 선생님과 이학수 선생님 모두 의미심장한 미소를 지으며 고개를 끄덕였다.

두 시간에 걸친 강연 내내 소연이는 노트 필기를 멈추지 않았다. 그리고 서울에서 보낸 선생님과의 추억을 떠올렸다. 소연이가 감상에 젖은 사이 아이들은 울고 웃고 박수를 치며 김청강 작가의 원맨쇼에 빠져들었다. 강연이 끝나자 책을 선물받은 아이들과 김청강 작가의 책을 집에서부터 가져온 아이들이 단상 위로 올라가 줄을 섰다. 사인을 받기 위해서였다. 책이 없는 아이들은 무척 안타까워했다.

"이럴 줄 알았으면 책 좀 가져오는 건데."

"그러게 말이야. 나도 읽었는데."

그러자 바로 옆에 있던 박선주 선생님이 한 아이의 머리를 쓰다듬으며 말했다.

"작가님이 오신다는데 책 한 권 정도는 구해 오는 게 예의지, 이 녀석들아. 사인본 받으면 나중에 비싸게 되팔 수도 있는데."

"글쎄 말이에요. 돈 벌 수 있는 기회였는데 아깝게 놓쳤어요."

"다음에 다른 작가님 오시면 그때는 꼭 책을 사서 오도록 해!"

김청강 작가의 강연이 성공적으로 끝나고 난 며칠 뒤였다. 수업이 끝나고 소연이는 문예부 교실로 향했다. 문예부 분위기는 한결 밝아진 상태였다. 시화전을 끝낸 뒤부터 아이들은 자신감에 들떠 있었다. 오늘 회의는 가을에 열리는 문학의 밤 행사를 기획하는 자리였다. 소연이가 문예부실

문을 열고 들어가자 한눈에 봐도 다소 들떠 보였다.
"와아! 진짜가? 그게 정말이가? 와! 대박이네. 대박!"
"무슨 일인데?"
소연이가 자리에 앉자 누가 먼저랄 것도 없이 모든 아이가 이구동성으로 외쳤다.
"이거 봐, 이거 봐."
한 아이가 핸드폰을 꺼내 소연이의 눈앞에 들이댔다. 액정 화면에는 문상대학교 문예창작과에서 주관하는 문학대상 발표 공지가 떠 있었다. 소연이는 가슴이 덜컥 내려앉았다.
"어머! 이거 언제 발표 났어?"
"아까 12시에 올라왔어. 글쎄, 당선자가 누군지 알아?"
"누, 누구야?"
"진석이다. 우리 학교 진석이 가가 또 대상 받았어."
그 말을 들은 소연이는 머릿속이 하얘졌다. 온몸의 피가 몸 밖으로 빠져나가는 듯한 느낌이었다. 또 떨어졌다는 사실이 믿기지 않았다.
"소연아, 니도 응모했나?"
"아, 아니."
소연이는 자신도 모르게 아니라고 말해 버렸다.
"아! 진석이는 진짜 좋겠다. 상금이 백만 원이란다. 진짜 좋겠다! 진석이는 그동안 상금 받은 거만 모았어도 집 한 채는 샀겠다. 부럽다!"

"그러니까, 맞다. 맞아. 기념으로 한 턱 내겠지? 가서 한 턱 쏘라 하자."

잠시 후 박선주 선생님이 환한 얼굴로 들어왔다.

"애들아, 좋은 소식 들었지?"

"네."

"진석이가 들어오면 박수 한번 크게 치자."

박선주 선생님은 어느새 꽃다발까지 준비해 놓고 있었다.

진석이가 교실 문을 열고 들어오자 아이들은 열렬한 축하의 박수를 보냈다.

"우아, 축하해! 축하해!"

진석이는 아무것도 모르는 표정이었다.

"왜? 왜?"

"와아, 니 진짜 모르나? 문상대학교 문예대상에 니가 당선됐단다."

"정말?"

선생님은 꽃다발을 건네주며 말했다.

"진석아, 수고했다. 교장 선생님이 아주 좋아하실 것 같구나."

쏟아지는 박수갈채 속에 진석이는 소연이의 얼굴을 살

폈다. 소연이는 고개를 푹 숙인 채 혼잣말을 하고 있었다.

“나는 작가로서의 재능이 없나 봐. 어떡하지? 어떡하지?”

입상조차 못 한 결과에 소연이는 적잖게 충격을 받았다. 얼마나 실망감이 큰지 지난번 학폭위가 열렸을 때 느꼈던 좌절감은 지금에 비하면 아무것도 아니었다.

9장 여름 바다

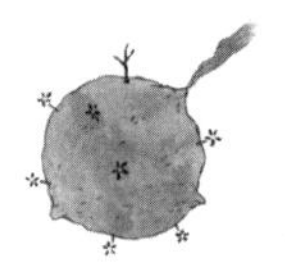

소연이는 등대를 바라보며 풍광 사진을 찍었다. 그리고 뒤로 돌아 나와 바닷가에 즐비한 식당들을 관찰하면서 뒷산 나무들과 오솔길을 찍은 뒤 해운대 족발집이라고 쓰인 식당 안으로 들어갔다.

"그래, 소연아. 사진 좀 찍었어?"

주인처럼 보이는 아주머니 한 분이 소연이를 반갑게 맞았다.

"네. 요 부근 바다가 참 아름다워요."

"그렇지? 그런데 부산은 온통 다 바닷가여서 여기만 아름답다고 얘기하긴 힘들어, 물론 우리 식당 앞은 등대가 있어서 다르지만."

“네. 등대랑 사장님 가게가 잘 어울리는 것 같아요.”

“그래, 그래. 이리 앉아. 자 이제부터 내가 어떻게 하면 되겠니?”

“음, 제가 알려드릴게요. 여기는 등대하고 바다가 멋지니까 사장님은 등대와 바다에 어울리는 콘셉트로 글을 쓰셔야 해요. 제일 먼저 이 글을 읽는 사람들을 궁금하게 해야 하거든요. 족발과 등대를 한번 연결시켜 보자구요. 한번 써 보세요.”

핸드폰을 꺼낸 아주머니는 서툰 솜씨로 글자를 입력하기 시작했다.

“그런 생각은 한 번도 못 해 봤어.”

“사람들이 좋아할 거예요.”

“어떻게 연결하면 되겠니?”

“음. 등대는 지나가는 배들에게 빛처럼 따뜻한 손길을 내밀죠. 안전함의 상징인 거죠.”

“오! 맞아, 맞아.”

“빨갛고 예쁜 등대가 있는 바닷가에 맛집까지 있으면 금상첨화겠죠? 해운대 족발에 오시면 스무 가지 약초를 넣어 정성껏 삶은 맛있는 족발을 드실 수 있어요. 주변의 빨간 등대와 아름다운 바닷가 풍경은 덤으로 즐기세요! 맛있는 족발도 드시고 아름다운 등대를 배경으로 멋진 사진도 찍어 보세요. 여러분 마음에 쏙 드는 인생 샷이 쏟아질 겁니다."

"와, 이런 글이 재미있을까?"

"그럼요. 사장님, 지금 등대 앞으로 나오세요. 사진 좀 찍을게요."

아주머니가 앞치마를 벗으려 하자 소연이가 말했다.

"앞치마는 그대로 두시구요. 족발 두 개 큰 걸로 양손에 들고 등대 앞에 서 보세요."

"나 참, 쑥스러워서."

아주머니는 시키는 대로 포즈를 취했고, 찍다 보니 어느새 긴장이 풀렸는지 웃으면서 족발을 하늘 높이 들어 올렸다.

"이 사진 가운데 맘에 드시는 것들을 올리시면 돼요."

소연이는 SNS에 익숙하지 않은 아주머니에게 핸드폰으로 포스팅하는 법을 자세히 가르쳐 주었다.

"자, 이렇게 하면 인터넷에 올라가는 거야?"

"네. 바로 올라갔어요. 제 거에도 떴잖아요."

소연이는 이미 아주머니와 친구를 맺어 놓은 상태였다. 좀 전에 올린 글을 확인하고 소연이는 즉시 댓글을 달았다.

"저도 그렇게 한 장 꼭 찍고 싶네요. 아! 제 사진도 올릴게요."

소연이가 부근에서 찍은 사진들을 같이 올리자 포스팅이 한결 멋지게 완성되었다.

"고맙다, 소연아. 너희 외삼촌 덕분에 나도 이제 살길이 열리는 것 같구나."

"별말씀을요. 외삼촌 친구 분이신데 사장님 가게도 잘되어야죠. 직접 와 보니 잘될 것 같아요. 그러니까 앞으로도 계속 이렇게 손님들 사진 찍어서 꼭 올리시구요. 족발 레시피라든가, 사장님만의 비법 이런 것까지 마음껏 올리세요."

"올렸다가 남들이 베끼면 어떡하지?"

"괜찮아요. 요즘 같은 공유의 시대에는 비법을 공개한다고 해서 그걸 따라하는 사람은 거의 없어요. 오히려 자신있게 공개하고 널리 알리면, 아! 이 집은 맛에 있어서 이렇게까지 자신감이 있구나 하고 많이 먹으러 올 거예요. 당당하게 비법을 공개할 만큼 맛있을 거라고 생각하거든요."

"알았어. 듣고 보니 그런 거 같구나. 고맙다."

아주머니는 진심으로 고마워했다.

"아니에요. 제가 사장님의 SNS 친구니까 꼭 확인할 거예요. 일주일에 한 번씩 재밌는 거 올리시는지, 아닌지 제가 검사할 거예요."

"그래. 나도 너희 외삼촌 가게처럼 대박만 날 수 있다면 뭘 못 하겠니? 자, 자. 이거 족발이야. 가져가서 엄마하고 친구들이랑 나눠 먹으렴."

사장님은 족발이 담긴 비닐봉지를 내밀었다.

"어머, 이런 거 안 주셔도 돼요."

"아냐. 내가 고마워서 주는 거라고. 맛있게 먹고. 자, 이거는 수고비야."

아주머니가 소연이에게 봉투 하나를 건넸다. 수고비라는 말에 소연이는 펄쩍 뛰었다.

"아니에요. 저 이런 거 못 받아요."

"아니야. 장학금이라고 생각해. 내가 살면서 이런 도움을 누구한테 받아 봤겠니? 딸년하고 아들놈들 있어 봐야 아무 도움이 안 돼. 앞으로 내가 열심히 글을 올려서 손님들이 우리 가게에 많이 찾아와 주면 좋겠어."

극구 사양하던 소연이는 하는 수 없이 아주머니가 주는 봉투를 받아서 가방에 집어넣었다.

"감사합니다. 안녕히 계세요."

소연이는 올 때처럼 버스를 타고 외삼촌 가게가 있는 영도로 향했다.

흔들리는 버스 안에서 소연이는 지나간 시간들을 돌이켜보았다.

진석이가 대상을 받은 그다음 날 소연이는 박선주 선생

님을 찾아가 말했다.

"선생님, 저 문예부 탈퇴할래요."

"왜? 계속 쓰지. 너같이 잘 쓰는 애들이 함께 있어야 문예부 전체에 자극이 되지. 그리고 너도 계속 글을 써야지."

"아니에요. 저는 글쓰기에 소질이 없는 것 같아요. 모름지기 길이 아닌 곳은 아예 가지 말아야 해요."

"그래도 생각을 다시 해 보렴."

박선주 선생님이 아무리 말려도 소연이의 결심은 굳건했다. 소연이는 문예부 활동을 하는 동안 끊임없이 진석이와 마주쳐야 한다는 사실이 괴로웠다. 자신보다 능력 있고 재능 있는 사람을 바로 옆에서 두고 보는 것은 끔찍한 일이었다. 문예부 탈퇴를 결정하던 날, 소연이는 아주 오래된 꿈 하나를 접었다. 그리고 지금껏 써 두었던 습작 원고들을 들고 가 바닷가에서 한 번에 불태워 버렸다. 마지막으로 메모로 꽉 찬 수첩들까지 싹 태우려는데 불현듯 김청강 작가가 했던 말이 떠올랐다.

"작가는 뭐로 글을 쓰는지 알고 있니? 엉덩이로도 쓰고, 머리로도 쓴다고 하지만 사실은 몰래 숨겨 놓은 메모 뭉치로 쓰는 거야. 그 사람이 얼마나 메모를 많이 해 놓았느냐에 따라서 글의 소재가 무궁무진해지는 거지. 행여 집에 불이 나면 작품은 버려도 메모는 꼭 챙겨서 나와야 하는 게 바로 작가란다."

그날 소연이는 그동안 메모한 수첩이 한가득 담긴 상자를 가지고 돌아왔다.

'선생님, 죄송해요. 애초부터 글쓰기에 소질이 없는 제자를 키우시느라 그동안 많이 애쓰셨어요. 제 자신이 너무 부끄러워요.'

흔들리는 버스 안에서 소연이는 조용히 눈물을 흘렸다.

영혼이 빠져나간 듯 험난한 학교생활이었지만 그나마 유일한 낙이 있다면, SNS 홍보를 도와 달라는 외삼촌 지인들의 부탁이었다. 영도에서 내린 소연이는 바닷가를 따라 걸었다. 외삼촌가게로 가는 길이었다.

외삼촌 가게 옆에서 공사가 한창 진행 중이었다. 가게 앞에 모여든 사람들이 여기저기 돌아다니며 사진을 찍고 있었다. 특히 정박한 배들이 다닥다닥 붙어 있는 풍경을 찍으며 자기들끼리 소곤댔다.

"야, 여기는 정말 강 같아. 강 같은 바다고 바다 같은 강이야."

"맞아, 맞아. 여기서 사진이나 한 장 찍자고."

사람들은 비좁은 바다를 배경으로 열심히 기념사진을 찍었다. 볼거리라곤 눈을 씻고 찾아봐도 없는 이곳 바다가 짧은 시간 동안 이렇게 유명해진 것은 소연이의 포스팅 덕분이었다. 소연이는 줄지어 있는 사람들 틈을 뚫고 가게 안으로 들어갔다.

"소연아. 어서 와. 너 오길 기다렸어."

"외삼촌, 이거요. 족발집 사장님이……."

"응. 거기 놔라."

"참, 족발집 사장님이 저한테 수고했다고 봉투도 주시던데요."

소연이가 봉투를 내밀자 엄마는 받을까 말까 망설이는 눈치였다.

"야! 받아 넣어. 넣어 둬. 그 집 돈 많아."

외삼촌이 웃으면서 손을 저었다.

"정말이요? 장사 안 되던데."

"옛날에 잘했지. 돈을 얼마나 많이 긁어 담았는데? 네가 도와줬으니까 이제부터 다시 잘될 거다. 자, 빨리 서빙이나 좀 도와줘."

외삼촌의 횟집은 그야말로 만원이었다. 전국에서 몰려온 젊은이들과 데이트족들이 테이블 대부분을 차지한 채 숙성 회를 먹고 있었다. 소연이가 올린 글에 수많은 댓글이 달리고 숙성 회가 관심을 끌면서 숙성 회를 먹어 보고 싶다는 사람들이 생겨났고 실제 찾아오는 사람들이 늘어나기 시작했다. 사람들은 외삼촌의 숙성 회를 먹으면서 인증샷을 찍어 올렸고 가게는 순식간에 맛집으로 등극했다. 숙성 회가 맛있다는 소문이 일파만파 퍼져 나가면서 갑자기 몰려드는 사람들 때문에 엄마와 외삼촌은 처음에 영문을 몰라 어리둥절했다.

"이게 뭔 일이냐? 갑자기 장사가 잘되니."

외삼촌은 뒤늦게 깨달았다. 소연이가 올린 글에 '좋아요'가 수백 개씩 달리고 점점 더 많이 공유되고 있다는 것을.

"소연아. 네가 쓴 글이 요즘 엄청나게 인기다."

"정말요?"

"그래. 사람들이 우리 가게에 와서 숙성 회에 대해 포스팅한 사람과 무슨 관계냐고 물어보기에 사실대로 내 조카라고 했지."

"그랬더니요?"

"그랬더니 고등학생이 무슨 글을 이렇게 잘 쓰냐고 하면서 다들 칭찬 일색이야. 고맙다, 소연아. 다시 장사가 잘되고 있어."

덕분에 엄마의 주름살도 펴졌고 외삼촌은 일하는 아줌마를 둘이나 더 고용했다. 부산에 오면 반드시 영도에 와서 들러야 할 곳으로 소문이 나서 덩달아 옆에 있는 가게들까지 잘되기 시작했다. 아예 '숙성 회 거리'라는 말까지 생겨났다. 사실 엄밀하게 보면 숙성 회가 아닌 회는 별로 없었지만, 사람들 앞에서 아주 적절하게 포장을 잘한 케이스였다. 인기가 올라가고 전국적인 지명도 얻으면서 외삼촌은 매물로 나온 옆 가게를 인수해 확장하게 되었다.

"소연아, 네가 글을 잘 쓰는 게 나는 얼마나 고마운지 모르겠다."

외삼촌의 얼굴에 싱글벙글 웃음꽃이 피었다. 매출이 전보다 무려 열 배 이상 늘어 외삼촌은 정신없이 일하면서도 힘든지를 모르겠다고 했다. 소연이도 어떻게든 돕고 싶었다. 주말마다 가게에 나와 팔을 걷어붙이고 일을 도와주고 있었다.

엄마는 기다렸다는 듯 소연이에게 앞치마를 건넸다.

"자, 여기 있어. 서빙 하는 거 좀 도와줘. 저기 7번 테이블에 빨리 안주 좀 놔 드려."

소연이는 그때부터 저녁때까지 정신없이 서빙을 했다. 그리고 생각지도 못한 반가운 얼굴들이 소연이를 찾아왔다.

"소연아, 우리 왔다."

박선주 선생님이었다. 문예부 아이들 대여섯 명을 데리고 함께 왔다.

"선생님, 안녕하세요? 여긴 어쩐 일로."

"그래. 이번 가을에 있을 문학의 밤 행사 준비하다가 이 녀석들 회 좀 사 주려고 왔지."

소연이가 어찌해야 할지 몰라 당황하는 사이 엄마가 먼저 나섰다.

"자, 이리 오세요. 선생님. 어서 오세요."

엄마는 선생님과 아이들을 가장 안쪽 조용한 자리로 안내했다.

"아유, 여긴 대박이네요. 저도 얘긴 들었어요. 소연이가 포스팅한 이후로 사람들이 엄청 찾아온다면서요?"

그러자 옆에 있던 진석이가 말했다.

"선생님. 소연이가 한 포스팅을 보면 정말 안 올 수가 없어요. 이번에 올린 글도 정말 웃겨요."

"뭐라고 올렸는데?"

소연이는 얼굴이 빨개졌다. 핸드폰을 들여다보며 선생님은 큰 소리로 읽었다.

이 세상에는 두 종류의 사람이 있습니다.

저희 외삼촌의 숙성 회를 먹어 본 사람과 그렇지 않은 사람.

제가 감히 이런 말씀을 드리는 것은

외삼촌의 숙성 회는 본질적으로 다른 회들과

다르기 때문입니다.

여기 있는 스톱워치가 보이시나요?

회의 맛을 일정하게 하려고

저희 외삼촌은 숙성 시간을 초단위로 계산합니다.

초단위로 계산한 초숙성 회를 드실 분은 당장 영도로 달려 오세요.

숙성은 시간이 생명입니다!

"아, 그래. 이걸 보면 도대체 초단위로 숙성한다는 게 뭔지가 궁금하겠어."

"아니에요. 선생님 그냥 똑같은 회인데요, 제가 그냥 재밌게 쓰려고……."

그러자 외삼촌이 말했다.

"아유, 선생님이 가르쳐 주셨군요. 조카 잘 둔 덕분에 저희 어른들이 먹고삽니다. 오늘은 제가 무료로 대접하겠습니다."

"아닙니다. 아닙니다. 저희 돈 있습니다. 아이들 회 한 접시 사 줄 돈은 있어요. 오늘 먹는 회는 정말 맛있는 걸로 먹어야 합니다."

"아닙니다. 제가 감사해서 그럽니다, 선생님."

외삼촌은 아껴 놓은 최상의 회를 꺼내서 아이들에게 내주었다. 앞치마를 입은 소연이가 옆에서 쟁반을 나르자 아이들은 대단하다는 듯 말했다.

"소연아, 니 일 되게 잘하네. 외삼촌이 알바비도 주시나?"

"아니. 외삼촌인데 무슨 돈을 받아? 엄마 일 도와주는 건데."

음식이 나오고 문예부 아이들은 왁자지껄 먹기 시작했다. 그러다 누군가 소연이에게 말했다.

"니, 문예부 다시 안 들어올래? 니랑 같이 활동하고 싶다."

"아니야. 난 작가의 꿈을 포기했잖아."

그때 밖에 나가 있던 진석이가 문을 열고 소연이에게 손짓을 했다. 소연이는 앞치마에 젖은 손을 닦으며 어둠이 깃든 바닷가로 나왔다.

"소연아. 네 포스팅 봤어."

"그, 그랬어?"

"여기 있는 좁디좁은 바다에 그런 식으로 의미 부여 하는 건 아무나 할 수 있는 게 아니야. 부산 사람인 나도 미처 생각 못 했으니까."

"……."

"처음엔 깜짝 놀랐다. 이 냄새나는 썩은 바다를 강이라고 해서. 네가 그런 이미지를 심어 주었잖아."

"어쩌다 보니까 그렇게 된 거야."

진석이는 고개를 떨군 채 발밑만 바라보다 툭 던지듯 말했다.

"소연아. 나 때문이라면 문예부에 다시 들어와. 나, 다른 공모전에서는 떨어졌어. 그때는 운이 좋았던 것뿐이야."

"아니야. 글만 써서 먹고살기도 힘들고, 나라도 엄마 도와야지. 나중에 좀 더 나이 먹으면 외삼촌 따라서 횟집이나 할까 생각 중이야. 저기 왼쪽에 공사하는 거, 우리 외삼촌이 가게 넓히려고 공사하는 거거든."

"야! 글 쓰는 네가 무슨 횟집을 하니?"

"왜? 직업에는 귀천이 없다는데, 뭐. 왕년에 한번쯤 문학소녀 아니었던 사람 없다고 하잖아. 나도 잠시 작가를 해보면 어떨까 생각했을 뿐이야."

아이들이 돌아간 뒤 소연이는 화장실에 가서 소리 없이 울음을 터뜨렸다. 진정 원하는 일은 글을 쓰는 것인데 친구들 앞에서 본심을 숨겨야 한다는 사실이 너무나 괴롭고 힘든 하루였다.

그날 일을 마치고 집으로 가는데 문자메시지가 도착했다. 김청강 작가의 문자였다.

소연아.

선생님 신간이 나왔다.

방학도 하고 했으니

출판기념회에 오도록 해라.

다음 주 토요일이다. 꼭 와라.

소연이는 김청강 작가를 만나러 가야겠다고 다짐했다. 마음속 울분을 털어놓으면 조금은 후련해질 것 같았다.

10장 출판기념회

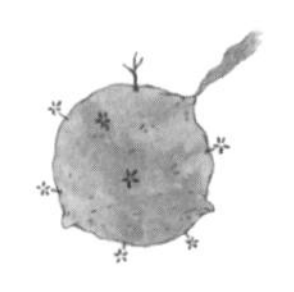

전철에서 내린 소연이는 마음이 급해졌다. 외삼촌이 준 고급 숙성 회가 담긴 아이스박스가 살짝 무거웠지만 참을 수 있었다.

"이거 가져가서 그대로 상 위에 올려놓기만 하면 된다. 외삼촌이 정성껏 숙성시킨 거니까 잘 가져가. 서울까지 서너 시간이면 도착하지? 회도 거기에 맞췄어. 얼음도 많이 넣었으니까."

"네."

부산역까지 소연이를 차로 태워다 주며 외삼촌은 신신당부했다.

"조심해서 잘 다녀오고."

"고맙습니다."

엄마와 외삼촌은 식당 일이 바빠 곧바로 돌아가야 했다. 소연이는 혼자서 KTX를 타고 서울로 향했다. 김청강 작가의 신간 출판기념회에 가는 길이었다. 오랜만에 함께 모여 제자들과 좋은 시간을 보내고 싶다는 작가의 말에 소연이는 기꺼이 기차표를 예매했다. 마침 방학이어서 거리낄 게 없었다. 가는 동안 소연이는 그리웠던 사람들을 다시 만날 생각으로 가슴이 설렜다. 힘들고 어려울 때마다 문자로 격려해 준 현준이도 고마웠지만 무엇보다 김청강 작가의 따끔한 질타가 그리웠다. 작가의 꿈을 접은 뒤라 만나는 것도 영 쑥스러웠지만 왠지 김청강 작가는 이미 알고 있을 것만 같은 기분이 들었다.

지하철역 계단을 올라오자 쨍한 햇살이 소연이를 반겼다. 소연이는 서둘러 출판기념회 장소인 하이소사이어티로 향했다. 하이소사이어티는 현준이의 엄마가 하는 카페였다. 카페 앞에 도착하자 입구에 커다란 스탠딩 배너가 서 있었다.

김청강 작가님 출판기념회

카페 안은 벌써 사람들로 가득 차 있었다. 사람들 사이에서 제일 먼저 소연이를 발견하고 달려온 사람은 현준이였다.

"누나! 어서 와."

그러자 뒤에 있던 민석이와 종민이가 소연이를 보고 인사했다.

"안녕하세요?"

중3이 되었다고 얼굴에 여드름이 나기 시작한 아이들은 어느새 덩치도 산만큼 커져 있었다.

"반가워. 선생님은 어디 계셔?"

"저 앞쪽으로 가면 돼."

김청강 작가는 앞쪽 테이블에서 와인을 마시며 손님들과 대화를 나누고 있었다. 소연이가 다가가 인사를 했다.

"선생님, 안녕하세요? 저 왔어요."

"오! 소연이 왔구나. 여러분, 나의 애제자 김소연 양이 멀리 부산에서 와 주었습니다."

여기저기에서 박수 소리가 터져 나왔다.

"지금 고등학교 1학년이고, 아주 장래가 촉망되는 학생입니다."

갑작스러운 칭찬에 소연이는 얼굴이 뜨거워졌다. 카페 주인인 현준이의 엄마가 나타났다.

"어머, 정말 예쁜 학생이네. 그런데 이건 뭐야?"

"아, 저희 외삼촌이 회를 좀 보내셨어요."

"어머, 그래? 잘됐다. 마침 음식이 떨어져 가고 있었는데."

현준이의 엄마는 아이스박스에서 포장된 회를 모두 꺼내 테이블마다 하나씩 올려놓았다. 채소와 초장이 함께 담겨 있어 포장만 벗기면 바로 먹을 수 있었다.

"와, 이게 누나가 포스팅한 그 숙성 회야? 그렇게 맛있다는?"

"응. 너희들은 아직 잘 모를 거야, 이 맛을."

"아니야. 먹어 보면 바로 알지."

민석이와 종민이, 현준이는 득달같이 달려들어 회 한 점씩 집어먹었다.

"와! 감칠맛이 나네. 확실히 달라."

"너희 외삼촌 회는 일품이지."

김청강 작가도 회 한 점을 입에 넣었다. 그동안 몇 번 택배로 받은 적이 있어 꽤 익숙한 맛이었다. 소연이가 SNS에 포스팅을 잘해서 망해 가던 횟집이 기사회생했다는 이야기를 들은 사람들이 소연이에게 물었다.

"그래, 횟집 확장은 하셨어?"

"네. 옆 가게를 빌려서 아예 터 버렸는데 거기도 요즘에는 손님이 꽉 차서 지점을 하나 더 내신대요."

"와! 정말 잘됐구나. 이건 모두 다 소연이 네 덕이다. 소연아, 봤지? 글쓰기의 위력을."

"네."

기대 이상의 결과에 놀라기는 소연이도 마찬가지였다. 포스팅 몇 줄 했을 뿐인데, 부산을 넘어 전국적으로 알려지고 사람들한테 공감을 얻으리라고는 생각도 못 해 봤기 때문이었다.

맛있는 음식을 먹고 익숙한 사람들과 이야기를 나누자 소연이는 마음이 편해졌다. 한마디로 살맛이 났다. 현준이, 민석이, 종민이 셋이 따로 모여 젊은 제자들 그룹에 속해 있었다. 처음 만나 낯선 아이들도 있었지만 글쓰기라는 공통 주제를 가지고 서로 인사를 나누다 보니 금방 친해질 수밖에 없었다. 그 가운데 초등학생 아이들이 소연이에게 다가와 물었다.

"누나, 우리 선생님이 맨날 글 잘 쓴다고 칭찬하던 사람이 누나야?"

"날 보고 글 잘 쓴다고 하셨어?"

"응."

"호호, 네가 더 잘 쓰게 생겼는걸."

"맞아. 나도 글짓기 대회 나갈 때마다 상을 받았거든."

똑똑한 것 같지만 조금은 되바라져 보이는 여자아이가

소연이에게 관심을 보이며 계속 따라다녔다.

"어떻게 지냈어? 누나."

"한자 실력은 많이 늘었니?"

"응. 이제 한자 시험을 보면 맨날 백점이야. 국어 어휘도 한자를 아니까 뜻이 훨씬 쉽게 이해되지. 한자를 알면 낱말 뜻을 몰라도 이해할 수가 있겠더라고."

그러자 옆에 있던 현준이의 엄마가 말했다.

"소연 학생. 우리 현준이는 김청강 작가님 덕분에 인문학 지식의 깊이가 훨씬 깊어졌어. 듣자 하니 소연 학생이 더 똑똑하고 높은 경지에 있다면서?"

"아니, 아니에요. 전 이제 소설 쓰는 거 그만뒀어요."

"아니. 왜? 계속 써야지."

"저는 재능이 없는 것 같아요."

"그럴 리가 있어? 계속 노력하다 보면 재능을 뒤늦게 발견할 수도 있는데……. 너무 일찍 포기했다."

"아니에요. 정말 재능 있는 친구를 봐서 그런지 저 정도의 실력은 아무것도 아니라는 걸 알게 됐어요."

소연이는 아이들과 부산 생활이 어떤지 이런저런 이야기를 나누며 서로의 핸드폰으로 연락처를 주고받았다. 잠시 후 김청강 작가가 좌중을 둘러보며 시끌벅적한 분위기를 정리했다.

"자, 여러분. 여기 오신 분들은 다 저의 제자들이고 저와 함께 글쓰기를 통해서 세상을 바꾸려는 분들입니다. 각자 나와서 자기소개도 하고 지금은 어떤 일을 하고 있는지 알려주는 시간을 가집시다. 서로서로 연결되어 네트워크가 생기면 더 좋을 것 같아요. 자, 그럼 제일 먼저 소개할 사람은 윤석훈 기자입니다. 요즘 잉글랜드 프리미어리그 기사를 쓰고 있어요. 그쪽으로는 우리나라 최고의 전문가입니다."

박수 소리와 함께 윤석훈 기자가 앞으로 나섰다.

"여러분, 안녕하세요? 윤석훈이라고 합니다. 저는 중학교 때부터 고등학교 때까지 김청강 작가님을 멘토로 모시고 글쓰기와 삶에 대한 교육을 받았습니다. 덕분에 지금은 기사를 써서 먹고살고 있구요. 어릴 때는 시인을 꿈꿨었는데 작가님이 저한테 소질이 없다고 하셨어요. 대신 스포츠 기사 같은 걸 써 보라고 하셨습니다. 그래서 제가 이렇게 스포츠 기자가 된 거구요. 하지만 앞으로 죽는 날까지 꼭 시집 한 권 내 보고 싶습니다. 제 꿈입니다. 선생님, 죄송합니다."

"하하하하!"

그 말에 김청강 작가도 박장대소를 했다.

"그래. 시집 한 권 꼭 내게. 나도 아직 못 낸 시집을 꼭 내 보는 게 자네 꿈이라면 끝까지 도전해야지. 그런데 이왕이면 스포츠 시가 멋질 거 같아."

그러자 옆에 있던 신여산 선생님이 웃었다.

"윤석훈 기자. 시집 원고 나오면 꼭 보내요. 내가 봐 줄 테니."

"아유, 선생님. 그럼 약속하신 겁니다."

윤석훈 기자가 유쾌한 얼굴로 인사를 하더니 다시 말했다.

"아, 제가 영국에 취재를 다녀오면서 선물로 토트넘 기념 배지를 좀 사 왔습니다. 원하시는 분은 하나씩 가져가시면 됩니다."

그 말을 듣는 순간 현준이와 민석이, 종민이가 괴성을 질렀다.

"와! 저요!"

"저요!"

말 끝나기가 무섭게 달려 나온 세 아이가 열 개 남짓 있는 배지에서 세 개를 먼저 집어 갔다. 뒤이어 나온 아이들이 나머지 배지를 나눠 가졌다.

"그다음에는 김신 카피라이터, 어디 있나?"

"선생님, 저 여기 있습니다."

이번에는 빈티지룩 차림에 콧수염을 기르고 헌팅캡을

쓴 사람이 앞으로 나섰다.

"여러분 안녕하세요? 저는 카피라이터 김신입니다. 제가 선생님을 만난 것은 작은 광고회사에 다닐 때였습니다. 선생님과 광고 카피에 대한 이야기를 나누는데, 선생님이 카피라이터인 저희보다 카피를 더 잘 쓰시는 겁니다. 그때부터 제가 스승으로 모시겠다고 했습니다. 그렇게 맺은 인연을 지금까지 이어 오고 있습니다. 이전까지 저는 카피를 감각으로 쓰는 줄 알았는데 선생님을 만나 뵙고 깨달았습니다. 결국은 카피도 인간 본성에서 나오는 것이고 그 사람이 어떤 삶을 살았느냐에 따라서 달라진다고요."

그러자 김청강 작가가 옆에서 부연 설명을 했다.

"여러분 다 아시죠? '침대는 화학이다.'라는 광고 카피."

"와! 그거요?"

"그렇지. 그다음에 나온 '열심히 일한 당신 더 해라.' 뭐 이런 카피가 다 우리 김신 작가의 작품입니다."

"와! 멋있어요!"

"네! 멋있어요. 다 알아요."

"네. 감사합니다. 제가 그런 카피를 쓰게 된 건 다 우리 김청강 작가님의 가르침과 도움 덕분이었습니다. 제 꿈이 소설가였는데 소설은 아무나 쓰는 게 아니더군요. 그래서 짧게라도 쓰고 싶어서 카피라이터가 되었습니다. 저 역시 시를 써서 시집 하나 내는 게 꿈입니다."

"어, 이거 다들 시를 쓴다고 그러니 이제 나는 고만 써야겠습니다."

신여산 선생님의 대꾸에 청중은 다시 한 번 웃음을 터뜨렸다. 다음 차례는 현준이였다.

"여러분, 안녕하세요? 저희 엄마가 이 카페 하이소사이어티의 사장님이시구요. 저는 축구만 좋아하고 학원만 다니던 아이였는데 선생님을 만난 뒤로 학원 공부와 성적만이 전부가 아니라는 걸 알게 되었구요. 제 꿈은 스포츠 기자예요. 여기 계신 윤석훈 기자님처럼요. 그리고 꼭 영국에 가서 잉글랜드 프리미어리그 경기를 관람하는 게 소원입니다."

김청강 작가가 덧붙였다.

"내가 가르친 제자인데 윤석훈 기자가 멘토랍니다."

윤석훈 기자가 손을 한 번 흔들어 주었다. 민석이와 종민이가 그다음 차례가 되었다.

"저희는 현준이 따라서 오게 되었습니다. 선생님께 글을 배우고 있는데요. 아직은 만나서 이야기하고 노는 게 더 즐거워요. 지금까지로 봐서는 제가 글 쓰는 쪽에는 취미가 없는 것 같습니다."

민석이의 이야기를 듣고 종민이도 덩달아 말했다.

"저는 그냥 글쓰기보다 자기소개서만 잘 쓰면 돼요. 우리 아빠가 자기소개서만 잘 써도 취직할 수 있다고 하셨거든요. 정말이에요."

"하하하하!"

사람들이 모두 박장대소했다. 잠시 후 주변이 조용해지자 김청강 작가는 소연이를 불렀다.

"소연이가 나와서 자기소개하고 인사해라."

소연이가 앞으로 나왔다.

"여러분, 제 제자입니다. 지금은 부산에 삽니다. 거기서 횟집을 하는 외삼촌한테는 소연이가 복덩이입니다. 다 망해 가던 횟집을 이 친구가 SNS로 홍보해서 살려 놨거든요. 얼마나 명문으로 포스팅을 했는지 사람들이 엄청나게 찾아갑니다. 한마디로 대박 터졌어요. 지금은 부산에 가면 꼭 맛봐야 할 회로 유명하답니다. 여러분이 드시고 있는 숙성 회가 바로 소연이 외삼촌께서 보내 주신 겁니다. 자, 부산까지 들리진 않겠지만 다 함께 소연이 외삼촌께 박수 한 번 보냅시다."

카페 안에 요란한 박수 소리가 울려 퍼졌다. 소연이는 오늘 모인 사람들에게 기념사진을 찍어 달라고 이야기할 생각이었다. 한 사람씩만 포스팅을 해 준다면 삼촌의 숙성 회를 서울까지 알릴 수 있는 좋은 기회가 될 것 같았다.

"여러분, 회는 맛있게 드셨어요? 저는 김소연이라고 합니다. 오늘 여기 모인 분들께 부탁드릴 게 있어요. 이 세상에 공짜는 없다는 말, 잘 아시죠? 김청강 작가님이 평소 자주 하시는 말씀입니다. 그래서 부탁드릴 게 있어요. 여러분 앞에 놓인 회 사진을 찍어서 짧은 소감과 함께 SNS에 꼭 좀 올려주세요. 해시태그도 걸어 주시면 정말 감사하겠습니다. 원래 저는 소설을 쓰고 싶었어요. 작가가 되고 싶어서 중학교 때부터 선생님께 글쓰기를 배웠는데 부모님이 이혼하시면서 가정형편이 어려워지는 바람에 부산으로 이사를 갈 수밖에 없었어요."

말하는 도중 소연이의 가슴속에서 뜨거운 것이 올라오기 시작했다. 소연이가 고개를 숙이며 눈물을 훔치자 보던 사람들이 소연이를 향해 소리쳤다.

"괜! 찮! 아! 괜! 찮! 아!"

김청강 작가는 인자한 표정으로 소연이를 바라보며 고개를 끄덕였다. 계속하라는 의미였다. 훌쩍이던 소연이가 용기를 내서 다시 입을 열었다.

"부산에 내려가서도 계속 글을 쓰고 싶었어요. 그러는 동안 학교 왕따도 경험했구요. 생활고도 경험했어요. 힘들었지만 그런 경험들을 소재로 더 좋은 글을 쓸 수 있겠다고 생각했는데 문제는 그게 아니었어요. 제가 글쓰기에는 영 소질이 없다는 거였어요. 한때는 소설가를 꿈꿨지만 이제는 깨끗하게 포기했습니다. 지금은 외삼촌이 하시는 횟집 일을 배워서 엄마랑 둘이 작은 횟집을 열고 싶은 꿈이 생겼어요."

꿈을 발표하는 자리에서 소연이는 눈물을 흘리기 시작했다. 가지 못한 오솔길을 점점 벗어나듯 소설가의 길에서 더욱 멀어지는 기분이 들어서였다. 고개를 푹 숙인 채 제자리로 들어가는 소연이를 향해 사람들은 격려의 박수를 보냈다. 마침 옆에 있던 현준이의 엄마가 소연이의 등을 쓰다듬으며 위로해 주었다.

"소연아, 괜찮아. 그렇다고 지금부터 꿈을 포기할 필요는 없어."

그러나 소연이에게는 그 어떤 말도 위로가 되지 않았다. 김청강 작가가 다시 나섰다.

"여러분. 지금 여러분께서는 요즘 보기 드문 고등학생의 순수한 열정을 보고 계시는 겁니다. 우리 아이들은 꿈이 없다고 합니다. 하지만 소연이처럼 꿈이 있다고 해도 막상 그 꿈을 이루기가 쉽지 않죠. 가정형편이 어려워서, 교우관계에 문제가 있어서 또는 재능이 없어서, 어쨌거나 이유야 뭐가 됐든 우리가 꿈을 포기할 수밖에 없는 이유는 수백 가지가 넘습니다. 하지만 그렇다고 단 하나의 꿈만 이루라는 법도 없지요. 플랜 A가 없으면 우리에게는 무엇이 있습니까?"

"플랜 B요!"

여기저기서 한목소리로 대답했다.

"그렇습니다. 그런데 플랜 B가 없을 때는 플랜 C, 또 C가 안되면 D, 자, 플랜 Z가 끝나면 뭐가 있을까요?"

"글쎄요"

그러자 민석이가 말했다.

"선생님, 플랜 ㄱ입니다."

"하하하!"

"민석이 좋아. 그래, 플랜 ㄱ도 좋긴 하다만 우리에게는 플랜 스몰 a도 있지. 한마디로 이 세상에 널린 게 계획이란 말입니다. 여러분! 소연이가 소설가의 꿈을 접었다고 하지만 세상에는 글 쓰는 직업이 얼마나 많습니까? 그리고 저 친구에게 재능이 없다고 누가 말할 수 있을까요? 고등학생이 쓴 글 하나로 망해 가던 식당이 되살아나고 그 지역의 상권이 부활하고 있다고 합니다. 기적 같은 일이죠. 여러분, 바로 이게 글의 힘입니다."

박수가 울려 퍼졌다.

"여러분, 오늘 여기 오신 분들은 다 꿈을 가진 분들이죠. 제게 알량한 가르침을 받은 분들이 이렇게 하나같이 저를 칭송해 주시니 그저 감사할 따름입니다. 하지만 그 꿈을 이루었다고 자만하지 마십시오. 꿈은 언제든지 바뀔 수 있습니다. 중요한 것은 그때마다 도전할 수 있는 용기가 필요하다는 겁니다."

김청강 작가는 계속 말을 이어 갔다.

"저는 원래 의대나 공대에 가는 게 꿈이었습니다. 장애인은 아예 입학조차 할 수 없다는 사실을 몰랐기 때문이지요. 첫 번째 꿈이 의사였는데 제 의지와 상관없이 접어야만 했습니다. 결국 대학도 국문과에 들어갔습니다."

김청강 작가는 대학에 들어가면서 교수가 되고 싶었다. 연구실에 앉아서 학생들을 가르치거나 창작에만 몰두하면 좋겠다는 생각이었다. 하지만 대학은 장애가 있는 그를 뽑아 주지 않았다. 할 수 없이 교수의 꿈 또한 포기해야 했다. 그리고 마지막 남은 꿈이 바로 작가였다.

"소설가가 되어 열심히 소설을 썼는데 어느 순간 소설도 요즘 독자들한테는 큰 의미를 주지 못한다는 걸 알았습니다. 세상의 모든 관심이 인터넷과 드라마에만 쏠려 있지요. 그래서 저는 아동문학을 하게 되었습니다."

"와!"

특히 아이들이 더 크게 박수를 쳤다.

"여태껏 제가 써 온 동화들이 아이들로부터 많은 사랑

을 받았지요. 하지만 지금 제 앞에는 또 다른 변화가 닥쳤습니다. 동화책을 읽을 아이들이 줄어들고 있다는 점이지요. 출산율이 떨어져 자연히 아이들이 줄고 있는 상황에서 아동문학만 고집할 수 없다고 생각했습니다. 그 뒤로는 학생들을 지도하기로 마음먹었고, 전국 방방곡곡 저를 필요로 하는 모든 강연장을 찾아다니고 있습니다. 장애인인 저도 이렇게 변화하는 환경에 발맞춰 새로운 계획을 세웁니다. 꿈을 향해 끊임없이 궤도를 수정합니다. 소연이나 여기와 있는 현준이, 민석이, 종민이 같은 아이들은 또 어떻겠습니까? 윤석훈 기자나 김신 카피라이터도 마찬가집니다. 평균수명이 백 살이라는데 설마 그때까지 기자 일을 하겠습니까? 그때까지 카피라이터 하겠습니까? 여러분도 앞으로 최소한 직업을 다섯 번은 바꾼다고 생각하십시오. 물론 꿈이 직업은 아니지만 세상이 지금 같은 추세라면 꿈은 끊임없이 변화할 수밖에 없습니다. 자, 우리 다 같이 그런 뜻에서 새로운 꿈을 위해 건배 한번 합시다."

하이소사이어티에는 한목소리로 건배 소리가 울려 퍼졌다. 우울한 분위기는 다시 밝아졌고, 사람들은 인사를 나누며 친목을 다졌다. 소연이가 정신을 차리고 밖으로 나가 큰 숨을 들이쉬는데 누군가가 다가와 말을 걸었다.

"소연 학생."

"네?"

고개를 돌리자 그곳에는 김신 카피라이터가 있었다.

"학생 얘긴 나도 오늘 처음 들었어. 지금 학생이 포스팅한 글을 찾아봤더니 정말 잘 썼더군."

"네? 제가요?"

"그래. 만약 자네 같은 학생이 대학교를 졸업했다면 우리 회사에 취직하는 건 일도 아니야. 사람들의 정서에 대해서도 잘 알고 어떤 식으로 욕구를 건드리면 되는지 잘 알고 쓰는 것 같아. 아직 고등학생인데 이런 글을 쓰다니, 혹시 카피라이터가 되고 싶은 생각은 없나?"

"제, 제가요?"

"그래. 내가 멘토가 되어 줄게. 소설? 기회 봐서 나중에 써도 되고, 안 써도 그만이야. 앞으로 시간은 얼마든지 있잖아. 하지만 카피라이터가 일하는 회사에는 학생 같은 인재가 꼭 필요해. 자, 내 명함이야. 여기 있어."

"감사합니다."

김신 작가는 명함을 건네주고 성큼성큼 하이소사이어티를 빠져나갔다. 그리고 어디선가 대기하고 있던 검은색 고급 승용차에 올라탔다. 운전기사까지 딸린 카피라이터는 처음이었다. 소연이는 시야에서 멀어지는 승용차를 우두커니 바라봤다. 어느새 현준이와 민석이를 뒤따라 나온 종민이 옆에서 말했다.

"우와! 김신 카피라이터님. 카피라이터만 있는 회사를 차리셨다더니 운전기사까지 있어. 대박! 윤석훈 기자보다 더 멋있어."

마침 밖으로 나온 윤석훈 기자가 말했다.

"에라, 이놈들아. 저분은 사장님이야. 나는 월급쟁이고."

"아, 그러게요. 저희는 윤 기자님이 최곤 줄 알았는데."

"어허, 내가 최고는 최고지. 적어도 내 분야에서는 내가 최고라고 생각해. 나중에 봐봐. 이놈들아, 나도 인터넷 언론사 하나 만들 거야. 그때 되면 너희들 나 무시하지 마."

"하하, 잘 부탁드립니다."

현준이 지나치게 허리를 굽혀 우스꽝스러운 자세로 인사를 했다. 윤 기자가 소연이에게 말했다.

"김신 선배는 아무에게나 소질 있다고 하시는 분이 아닌데 소연이 오늘 대박인걸? 우리나라 최고의 카피라이터가 그랬으니까 그 말이 맞을 거야."

"아, 네."

소연이는 가슴이 터질 것처럼 부풀어 올랐다. 그동안 꿈과 미래를 위해 오로지 한길만 보고 오다 막다른 골목에 다다른 느낌이었는데 또 다른 길이 열리는 듯했다. 김청강 작가가 했던 말이 떠올랐다.

신은 한쪽 문을 닫으면 다른 쪽 문을 열어 주신다.

누군가 시를 읽기 시작했다. 신여산 선생님이었다. 자신의 시집에서 뽑은 시 한 편을 축시로 낭독했다.

빅 걸

학교의 양철지붕 달아오를 때
걸들은 하나둘 잠에서 깨어나
어린왕자의 별 B612를 만난다.

다운타운에 미세먼지 켜켜이 쌓여도
걸들은 고개를 들어 칠판을 본다.

그들은 과연 저 칠판 뒤
킹크로스역 플랫폼 9 3/4의 세상으로
날아오를 수 있을까.

내 눈엔 온통 휘청거리는 걸들만 보이고
언젠가 저 안으로 들어갈 거라는
빅 걸은 아직 보이지 않는다.

•

고도를 기다리듯

나는 기다린다.

빅 걸을.

소연이는 자신도 언젠가 거인이 될 수 있을 거라고 생각했다. 시에 나오는 빅 걸이 되고 싶었다. 그리고 그런 생각을 하는 순간 자신도 모르는 사이에 잠잠했던 가슴이 두근거리기 시작했다. 움츠렸던 어깨가 쭉 펴지는 것 같았다. 빅 걸을 향한 새로운 꿈이 조금씩 싹트고 있었다.

빅걸

초판 1쇄 펴낸날 2020년 3월 13일
초판 3쇄 펴낸날 2021년 5월 17일

지은이 고정욱
그림 정은규
펴낸이 조은희
편집장 한해숙
편집 신경아
교정 정인화
디자인 최성수, 최금옥
마케팅 박영준, 한지훈
온라인마케팅 정보영
영업관리 김효순
제작 정영조, 정해교
펴낸곳 주식회사 한솔수북
출판등록 제2013-000276호
주소 03996 서울시 마포구 월드컵로 96 영훈빌딩 5층
전화 편집 02-2001-5822 영업 02-2001-5828
팩스 02-2060-0108
전자우편 isoobook@eduhansol.co.kr
블로그 blog.naver.com/hsoobook
페이스북 chaekdam
인스타그램 chaekdam

ISBN 979-11-7028-576-2 43810

이 도서의 국립중앙도서관 출판예정도서목록(CIP)은
서지정보유통지원시스템 홈페이지(http://seoji.nl.go.kr)와
국가자료공동목록시스템(http://www.nl.go.kr/kolisnet)에서
이용하실 수 있습니다. (CIP제어번호: CIP2020004954)

※ 책담은 (주)한솔수북의 청소년·성인 대상 브랜드입니다.
※ 값은 뒤표지에 있습니다.

큐알 코드를 찍어서
독자 참여 신청을 하시면
선물을 보내 드립니다.

다른 내일을 만드는 상상